Coverillustration Ryu Sugahara

Cocktail Kiss Label

王弟殿下は転生者を溺愛する

火崎　勇

Yuu Hizaki

この物語はフィクションであり、実在の人物・団体・事件等とは、いっさい関係ありません。

Contents

王弟殿下は転生者を溺愛する……………………… 005

あとがき……………………………………………………… 244

イラスト・すがはら竜

王弟殿下は転生者を溺愛する

あの日のことはよく覚えている。

会社の同僚の結婚が決まって、みんなで飲みに行った夜だった。

「実は、彼女オタクだったんだ……」

結婚が決まって幸せいっぱいのはずだった早川《はやかわ》が突然告白した。

「美人だし、可愛いんだけど、アニオタで。結婚前にどうしても伝えたいことがあるからって言われて彼女の部屋に行ったらアニメのポスターとか貼ってあって。好きなキャラの祭壇とかってグッズ飾った棚とかもあって。このまま結婚していいのかなって……」

「いいんじゃないか？」

俺が言うと、早川は掴み掛かってきた。

「お前、他人事だと思って」

「いや、他人事じゃないから」

「はあ？」

「俺の姉貴、三人ともオタクだ。しかも腐女子だ」

「腐女子？」

「男と男を無理やりカップリングして浸るオタク女子のことだ。一番上の姉貴はこじらせてアニメのキャラだけでなく、勤めてる会社の社員とか電車で見かけた学生もカップリングする。でも結婚して子供もいるぞ」

「海老沢《えびさわ》の姉さんって、前書類届けに来てくれた美人？」

「あれ二番目」

「この間一緒にメシ食ってたのも姉貴だって言ってたよな？」

「あれ三番目」

「みんな凄い美人なのにオタクなのか？」

「そう」

なんでみんなそんなに驚くのか。

今時オタクも腐女子も珍しくないだろうに。

「じゃ、海老沢、オタクの家族として早川にアドバイスあるか？」

「金を際限なく使うから、先に限度額を決めた方がいい。乙女ゲームとかBL本とか買いに行かされるから嫌なら先に宣言しとくといい。二・五次元の舞台に付き合わされる時は転売ヤーに間違われないために恥ずかしくてもグッズを身につけておくといい。推しキャラを悪く言うとメシ抜かれる」

訊かれたので答えると、皆ポカンとした顔をした。

「わかんない単語が……」

早川はそう言ったが、前田《まえだ》はちょっと考えてから納得した顔をした。

「俺、少しわかる。スマホのゲームで課金するし、グッズもつい買っちゃったから」

「あー、スマホゲーム。それならわかる」

田中《たなか》もパッと顔を輝かせて頷く。

「早川、考えようによっちゃ浮気の心配がなくていいかもしれないぞ。なんせ相手は紙の中、画面な中だ。どんなに惚れても手も握れない。アイドルのおっかけと思えばいいんだよ」

田中の言葉に、俺は心の中でそんなに簡単じゃないけどな、と思ったが口にはしなかった。

一番上の姉貴は子供ができてオタク卒業近く、趣味は趣味と分けられるようになってるが、二番目は週末だけでなく会社帰りにも舞台の遠征と言って地方に出掛けている。前の恋人ともそれが理由で別れていた。

三番目は腐女子で、先日も俺に友人を連れてきてイチャイチャしてくれという無理難題を押し付けてきた。

姉貴のメガネに適《かな》う美形の友人はいない、と言って諦めてもらったが。

真面目な早川には、そういう生活は辛いだろうな。

だが他人の恋愛に口は出せない。

三人は暫《しばら》く自分達の好きなアイドルや恋愛経験について盛り上がっていたので、俺は静かに酒を飲んでいた。

他人が盛り上がるのは嫌じゃないが、自分から入っていくのは苦手だったので。

「そういえば、海老沢は彼女とかいないよな？」

会話が一区切りついたところで、矛先がこちらへ向いた。

「いない」

正直に答えると、三人は揃ってため息をついた。

「顔はいいんだよな」

「性格もいい」

「男として優良物件なハズなのに、ホント、海老沢って残念だよな」

「残念言うな」

ムッとして睨んだが、彼等は笑っただけだった。

「海老沢はさ、口が悪いんだよ」

「そうそう。女の子にも『その化粧似合わないですよ』って平気で言うし」

「差し入れもらっても、『今腹減ってないです』って返しちゃうし」

「顔がいいからって近づいて来る女の子達が、みんな『海老沢さんって感じ悪い』って言って去ってくんだよな」

三人は同時に笑った。

姉貴がいると、一々気を遣ってるのが面倒になるだけだ。

一つ甘い顔をすると付け上がるってことを知ってる。何かを受け取るとお礼はどうしたと言われることも。

それが嫌だというわけじゃない。姉貴達のことは好きだ。

でも甘い顔はしないと決めている。

そして今、イジられてはいるが、こいつ等が俺を嫌っていないこともわかってる。

「でもお前、男にはウケがいい」

「正直だし、サバサバしてるし、カッコつけないから。俺も海老沢好き。この間残業の時、差し入れのおにぎり買ってきてくれたんだぜ」

「俺も。間違えて甘いコーヒー買った時、黙ってブラック買って取り替えてくれたから胸キュンよ」

「部下の提案をことごとく却下してはくだらないことを言うなと言った課長に、新しい提案がなければ会社が成長しないでしょうと啖呵《たんか》を切った」

「ついでに言いなりだったヤツにも説教してたけどな」

働く人間をねぎらうのは当たり前だし、俺は甘い物も飲めるから交換してもいいと思っただけだ。

理不尽な押さえ付けも、それに抵抗しない人間も気に入らないのはただの性格だ。

「これでゲイだったらモテてるって言うんだろうけど、そうじゃないから無駄モテだよな」

「何だよ、無駄モテって。俺は男も女も関係ない。誰にも普通に接してるだけだ」

「わかってるって、そういうフラットなとこがいいんだよ。口が悪いのも、素直なのと気に入った人間にはアドバイスしたくなるからだろ？　そこをわかってくれる彼女ができるといいな」

好みのタイプとかないのか？」

「自分に出来ることは精一杯努力する人、真面目だけどやってますアピールしない人、浮気しない人。俺のことより、田中は受付の彼女に早く告白した方がいいぞ。津田《つだ》商事の営業マンがお茶に誘ってるみたいだから」

「マジかよ！」

「マジ」

「ガンバレ田中」

楽しい飲み会だった。

いつもの通りの。

いい感じに酔ったけど、自分の足で歩ける程度の酔いだった。

ワリカンで会計して、四人で駅に向かっている途中、早川が前から来た学生らしい酔っ払いにぶつかられた。

頭の中を過《よぎ》ったのは、結婚直前の早川に怪我をさせてはいけないということだったので、思わず車道によろけた早川の腕を取って引っ張った。

自分も酔っていて力が入らないということを忘れて。

反動で、自分が車道に倒れ込み、目の前がパアッと明るくなった。

あ、これ車のヘッドライトだわ、マズイや。

そう思ったのが最後だった。

衝撃は感じたけれど、痛みはなかった。横たわる身体が濡れてゆくのだけはわかった。まるで雨に打たれたように。血が、自分を濡らしていたのかも。

最期に聞いたのは、友人達が俺を呼ぶ声だと思う。

「しっかりしろ！　大志《たいし》！」

「海老沢！」

ここで、俺の人生は暗転した……。


目を開けると、そこには金髪の美女が泣きながら俺を見つめていた。

「リオン！」

彼女はそう叫ぶと、突然俺に覆いかぶさった。

え？　何？　姉貴がついにコスプレに手を出した？

いつもの顔とは違うけど、カツラにカラコンで化粧を頑張ったらこれくらいには変身できるのかも。

「お嬢様、リオン様はお身体を痛めてらっしゃるかもしれませんから、そう強く抱き着いてはいけません」

落ち着いた男性の声。

そちらに目をやると、見知らぬ老人が彼女の肩に手を掛け、俺から離れるように促す。

「あ……、あなたが鈍臭いのがいけないいんだから。あのくらいで階段から落ちるなんて、男として恥ずかしいわよ」

べそべそに泣きながらそう言う女性の顔を見直すと、どう見ても姉貴の顔ではなかった。

だが覚えがないわけでもないような気がする。

「リオン様、どこか痛むところはありますかな？」

老人が訊きながら俺を覗き込む。

「リオンって誰？」

「あなたのことですよ？」

「俺？　俺は海老沢大志ですけど」

答えるなり、老人の顔が歪む。

「ここ、病院ですか？」

「いいえ、あなたのお部屋です」

「俺の部屋？」

言われて辺りを見回す。

……ここが俺の部屋？　大きなベッドにツタの柄のクリーム色の壁紙、天井は高く、広い部屋には俺から離された女性の座る応接セットが置かれている。

俺の部屋はベッドとデスクが置かれた六畳間のはずだけど。

「お姉様に抱き着かれて階段から落ちたのは覚えてらっしゃいますか？」

「姉さん？　いや、早川を引っ張って車に轢《ひ》かれたんじゃ……」

老人は小さく頭を振った。

「アリシア様。すぐに侯爵《こうしゃく》様をお呼びください。どうやらリオン様は頭を打たれて混乱してらっしゃるようです」

「リオン！」

金髪美女が座っていた椅子から立ち上がり、再び俺に飛びつこうとして我慢する。

「ハナ、すぐにお父様に人を遣わして」

「かしこまりました」

「ロンダンも呼んで」

「はい」

命じられた、今まで視界の外にいた女性がドアから飛び出して行く。

なんで彼女はメイド服なんだ？

いや、じっくり見ると、俺に抱き着いた女性もドレスを着てる。

やっぱりコスプレ？

「リオン様。私は医師のメルカードと申します。あなたがお小さい頃からあなたを診てきた医師ですが、覚えていらっしゃいますか？」

「いいえ。俺の掛かり付け医は小林《こばやし》先生です」

「あなたがクレアージュ侯爵家の次男、リオン・クレアージュ様だということは？」

「俺は海老沢家の長男、海老沢大志です」

「あちらの令嬢がお姉様のアリシア様だということは？」

「俺に姉はいますけど、彼女ではありません」

「……そうですか」

何を言ってるんだろう、この人は。

俺に芝居でもさせようというんだろうか？

だがふざけているようには見えなかった。

俺が姉は彼女ではないと言った瞬間、ドレスをぎゅっと握り締めたまま、アリシアと呼ばれた女性がポロポロと泣き出したから。

「私の……、せいだわ……」

「お嬢様、落ち着いてください」

「私が小突いたりしなければ、リオンは……」

マズイ。

何だかわからないけれど、俺はここでは海老沢大志ではなくリオンを演じなければならないみたいだ。

だがどうやって？

困惑していると、ドアがノックされ、いかにも執事という感じの男性が入ってきた。

「メルカード先生。リオン様のご様子がおかしいと伺いましたが、何か？」

「ああ、ロンダン。アリシア様を別室にお連れして。興奮してらっしゃるようだから、メイドを付けるように」

「かしこまりました。お嬢様、さ、こちらへ」

「リオンの側《そば》にいるわ」

「今はお医者様にお任せいたしましょう。さ、どうぞ」

執事だと思われる男性は、彼女を支えて部屋を出て行った。

俺は横たわったまま、深呼吸した。

「メルカード先生でしたね」

「はい」

「俺がリオンという人だと、みんな信じてるんですか？」

メルカード医師は困惑した顔のまま頷いた。

「それ以外のどなたでもありません。ですが、あなたは違うと思われてるんですね？」

「はい。よければ、状況を説明していただけませんか？　俺には納得できない状態なので」

「目眩《めまい》や吐き気はないのですね？」

「ありません。身体の痛みもありません」

「意識もはっきりしてらっしゃるようですし、口も動く。わかりました、ではあなたについてお話ししましょう」

メルカード医師は椅子を持ってきて俺の枕元に座ると、ゆっくりとした口調で説明してくれた。

彼によると、俺はクレアージュ侯爵家の次男で、ここはクレアージュ侯爵邸の俺の寝室。先ほど泣いていた女性は俺の姉のアリシア・クレアージュ。

彼女が階段を下りている途中の俺を驚かそうと抱き着いたら、バランスを崩し、彼女が落ちかけたところを俺が代わりに頭から落ちてしまったそうだ。

とはいえ、さほど高い位置ではなかったので怪我はなく、ただ意識を失っているだけだと思っていたのに、目が覚めたら突然この状態になったらしい。

アリシアと会話をしているところも、彼女が階段で抱き着いたところも、近くにいた使用人が見ていた。

寝室に運んだのも使用人なので、どこかで他人と入れ替わったということはない。

何より、今の俺の外見はリオンそのもの。だから俺がリオンなのは間違いないそうだ。

言われて鏡を見せてもらったら、そこに映し出されたのはボサボサの黒髪に青い瞳の青年で、確かに海老沢大志ではなかった。

ここまできて、俺はやっと一つの可能性を考えた。

異世界転生。

昨今流行の、死んだら違う世界に生まれ変わっていた、というヤツだ。

俺は、どうやら早川を庇《かば》った時に死んだらしい。そしてこの世界に生まれた。もちろん、全てを忘れて。

ところが、階段から落ちて頭を打った瞬間に、前世の記憶を思い出したというわけだ。

俺はメルカード医師に、わかりやすくその考えを説明した。

医師は俄《にわか》には信じ難いという顔で何度も質問してきたが、やがて何とか理解してくれたようだった。

「つまり、リオン様は生まれる前の記憶を持っている、ということですな？」

「多分そうなんだと思います。俺が覚えている世界はここと全く違います。俺の記憶が想像や妄想なら穴があると思うんですが、生まれた時から死ぬまでのことをちゃんと全て言える。

一方、この身体がリオンのものだというのは間違いないようですが、俺には今のところリオンの記憶は殆《ほとん》どない」

「殆ど？」

「アリシアが姉だと言われると、何となくそうなのかな、と思わないでもないです。顔に見覚えがある気もするし」

「ふむ……。記憶のフタが開いて、今は流出してきた前世の記憶が優先されているが、そのうち今のことも思い出すかもしれないということかな？」

「可能性はあるかもしれません。でも俺は医者ではないのではっきりとは……」

そんなことを話していると、ドアが勢いよく開いて、今度は二人の男性と一人の女性が飛び込んで来た。

男性は中年と年かさの青年、どちらも金髪。女性は中年と呼ぶには若く美しい黒髪。

「リオン！」

三人は異口同音《いくどうおん》にその名を呼んだ。

うん、これは絶対リオンの両親と兄貴だな。

駆け寄ろうとした三人をメルカード医師が手で制した。

「皆様にお話ししなければならないことがございます。どうぞ落ち着かれてください」

たった今、俺の話に理解を示してくれた医師が彼等との間に入って、落ち着いた様子で語り始めた。

「それでは、ご子息の状態について説明させていただきます」


新しい『俺』の名前は、リオン・クレアージュ。

侯爵家の次男で、二十歳になったばかり。

十八で貴族の通う学院を卒業し、文官として城で働いている。

次男なので侯爵家は継げないが、結婚したら母方の傍系で跡取りのいない子爵《ししゃく》位を継ぐことができるらしい。

家族は両親と兄と姉がいて、父は財務大臣、母の実家は公爵《こうしゃく》家。

兄のリカルドは五つ年上でクレアージュ家の跡取りとして父の補佐に付いていて、既に侯爵令嬢と婚約済み。姉は一つ上でこの国の王の婚約者。俺は今のところ婚約者はいない。

父親と兄と姉は金髪、母親と俺は黒髪で、全員が美しい青い瞳を持っている。

身内のことを言うのは何だが、全員『超』が付くほど美形だった。

だが俺は、何故かボサボサの髪で必要のない伊達メガネを掛けていた。

つまり、俺は名門中の名門の貴族の家におけるみそっかすらしい。

だが家族に愛されているとは思う。

全員がちゃんと俺のことを心配してくれていたから。

そんな彼等に、メルカード医師はこう説明した。

俺は階段から落ちて頭を打ったが、思考は正常、身体に多少の打ち身はあるが大きな怪我はない。

けれど頭を打ったせいで前世の記憶を思い出し、現在はその記憶の方がリオンの記憶より優先されている。

前世のリオン（俺のことだが）は、大変利発で混乱も見られない。なのでここでリオンとして生活していればやがて元に戻る可能性が高い。

思い出さなくても学習してゆくだろう。

なのでこれからの生活に支障はないと思うが、暫くは自宅で安静にしているのがいい。

城に出仕するのは日常生活がきちんと送れるまで待った方がいい。

そしてこのことは家族内だけの秘密にすることをお勧めする、とも言われた。

医師自身、この説明が正しいかどうか判断が付きかねる。もし『自分は前世の記憶が』などと言い出したら、彼（俺だ）の出世に拘わるかもしれない。

まずは時間をかけて、彼がリオンとして生活できることを確認してから、事故で記憶が曖昧になっているという体《てい》で送り出すのがよろしいでしょう。

……ということに落ち着いた。

家族は納得しかねるようだったが、俺があまりにも以前のリオンと違うので、納得するしかないと諦めた。

そこで俺の新しい生活は勉強から始まった。

語学には問題はなく、文字も読めた。これが転生チートなのか、リオンの記憶なのかはわからないが。

国の歴史や人間関係の記憶はないから家庭教師として姉のアリシアが付いてくれた。きっと自分のせいで弟がおかしくなったという罪悪感があるのだろう。

ただ、このアリシア。ツンデレ系で、何かというと『あんたなんか』と言う。そのくせ、ちょっと頭が痛いと言うとおろおろするので、可愛いと思っておこう。

マナーの教師もアリシアだった。

ダンスは貴族の子息として必須なのだが、これも記憶がないので一からレッスンだ。

運動神経は悪くなかったのでこのダンスと乗馬は何とかなった。

楽器は、リオンは全くだったが、俺は姉貴に付き合って小学生の頃ピアノを習っていたので、驚かれた。

やっぱり執事だったロンダンによると、リオンはあまり身体が丈夫な方ではなく、内向的な性格だったらしい。

確かに、乗馬の後には酷《ひど》く疲れてしまう。

俺は運動神経もよく、丈夫な方だったので、ここは自分でストレッチやマラソン等、無理ない程度にトレーニングを入れた。

一カ月もすると、ぼんやりとではあったが、リオンとしての記憶も戻ってきた。

ふとした瞬間に、『これ前にもあったな』と思うことが増えた。

記憶は戻ったが性格はどうやら『海老沢大志』の方が残ったようだ。

となると、気になるのはリオンの格好だった。

金髪美形の兄や姉にコンプレックスがあったのか、彼の髪はボサボサで揃えられておらず、前髪は目が隠れるほど伸ばし、顔を隠すように黒縁の伊達メガネを掛けている。

せめてすっきりした銀縁のメガネはないのかと思ったが、執事のロンダンが掛けているのだからないということはない。

わざわざ選んでこんなダサメガネを掛けていたということになる。

髪の色だけでなく、顔が不細工なのかと思ったら、美男美女の息子はやはり美男だった。

海老沢大志は、切れ長の目でちょっと冷たい感じがすると言われる顔立ちだった。だがリオンは目が大きくて、睫毛《まつげ》が長くて、どちらかというと可愛い系だ。

けれど眦《まなじり》がスッと上がってるところは、気が強そうにも見える。

内向的な性格で人目を気にしていたのかもしれないが、こんな格好の方が却《かえ》って人目を引くだろうに。

これでも前世では姉貴達にうるさく言われてファッションには気を付けていたのだ。こんなダサダサでは人前に出られない。

なのでこの世界で覚醒してから一カ月半後になり、いよいよ明日から城に出仕するということになったので、俺は髪を切ってさっぱりすることにした。

ロンダンに頼んで、この世界でしていてもおかしくない形にしてもらうことにした。

短い髪は軍部の人間が多いというので長さは変えず、前髪は揃えて横に流し、全体にボリュームを抑えて襟足が隠れる程度に切ってもらう。

必要のない、メガネも外した。

何故か少し大きめだった服も、ピッタリのものに着替える。

翌朝、意気揚々と朝食の席につくと、両親と兄は喜んで褒めてくれた。

「見違えたな」

「いいじゃないか、リオン」

「ええ、これならよい縁談も望めるわ」

父、兄、母はベタ褒めだ。

だがアリシアだけは何も言わず、俺を睨みつけていた。

ツンデレだから人前では褒められないのかな？

食事の間も、彼女はじっと俺を睨んだまま口を開かなかった。

馬車の支度ができて、まず父と兄が出発する。彼等は王城の中でも議会のある奥に勤めているので、俺とは職場が違うのだ。

母は午後から出掛けるので俺達のお見送り。

俺も馬車に乗って出掛けようとした時、アリシアが無理やり乗り込んできた。

「アリシア?」

「一人じゃ出仕しても、仕事場がどこだかもわからないでしょう。私が届けてあげるわ。陛下のお見舞いもあるし」

わからなかったら向こうで誰かに聞けばいいだけなのだが、ツンデレ姉貴としては世話が焼きたいのだろうと判断し、了承した。

アリシアが二十歳を過ぎてもまだ王の婚約者止まりで結婚していないのは、国王のアーディオン陛下が大病したからだ。

そこはちょっと複雑で、アーディオン陛下には以前別の婚約者がいた。だが結婚直前に不幸な事故で亡くなり、その後にアリシアとの婚約が決まったのだ。だが、婚約後に今度はアーディオン陛下が大病を患い、結婚が遅れているらしい。

アーディオン陛下は兄のリカルドより年上で、健康な弟がいる。

内部では、病弱な兄より弟に王位を譲るべきではないかという声もあるらしい。

王妃として申し分ないアリシアを陛下ではなく王弟殿下の嫁にしたらどうかなんて話も出て

るらしい。

アリシアを嫁にとったら、王弟殿下を王に推す連中としては勢いづくという訳だ。

「アリシアは……」

馬車で二人きりになったところで、俺は訊こうとした。アリシアは本当はどっちと結婚したいのか、と。

だがその前にアリシアの方が口を開いた。

「髪の毛をちょっと切ったからって、自分が綺麗になったなんて思い上がらないのよ」

「……は？」

「メガネはどうしたの。ずっと掛けてなさいって言ったでしょう」

あの伊達メガネはアリシアの命令だったのか。

「いや、目は悪くないし……」

「目が悪くなくても付けてなさいって言ったでしょう。オリハルトに目を付けられたらどうするのよ」

「オリハルト？」

誰だっけ？

「忘れちゃったの？」

「いや、覚えてる、覚えてる」

彼女の怒りを察し、俺は適当に答えた。

聞き覚えはある。確か……。

「王弟殿下だろ？」

そうだ。アリシアの婚約者であるアーディオン陛下と王位を争ってる人間だ。

「アリシアはオリハルト殿下が嫌いなの？」

「嫌いよ」

彼女はキッパリと言った。

「だからあの男に絶対近づいちゃダメよ」

これは……。

「アリシアはアーディオン陛下が好き？」

訊いた途端、彼女の顔がパッと赤くなった。

……可愛いな。

「そんなの……、当然でしょう。私は陛下の婚約者なのだから」

「そうか。それなら心から祝福するよ。俺はそこのところを忘れちゃったから、心配だったんだ。もしかして家のために結婚するのかなって」

「もし家のためだったとしても、あなたにできることなんてないわ」

「少しはあるよ。逃がしてあげるとか」

「ばかね。そんなことしたらクレアージュ侯爵家が取り潰しになっちゃうわ。リオンはまだまだ常識を思い出していないのね」

そうか。身分制度ってのがあるんだもんな。

「前世は庶民だったから」

「でも今のあなたは侯爵家の息子なのよ。私の弟だわ」

それは自信を持ちなさい、と言っているように聞こえた。

金髪巻き毛のこんな可愛い女の子、姉でなかったらちょっと心が傾くところだ。

いや、ツンデレ性格は面倒だからパスか。

「いいわね。オリハルトを見かけたらすぐに逃げるのよ」

俺が王弟派と思われないためかな？

「わかってるって。俺の仕事は経理だろう？　地味な部署だっていうし、王弟殿下が現れるなんてことはないよ」

「あの男はわからないのよ。本当に忌《い》ま忌ましいったら」

嫌いなんだな。

まあ、陛下が好きなら彼と争う弟は嫌いで当然か。

「いいこと、明日からまたメガネを掛けるのよ」

メガネに固執する理由はイマイチ不明だが……。

　そうこうしているうちに馬車は王城の門をくぐり、内部に入った。

　城というとノイシュバンシュタイン城かシンデレラ城みたいなものを思い浮かべていたが、そこは豪奢で巨大な建物の群れだった。

　この国にはもう百年以上戦争がない。

　特に王都は地震のような自然災害も少ないので、美しい建物が幾つも建っていた。我がクレアージュ侯爵邸もその一つだ。

　そのクレアージュ邸を幾つも連ねて建てたようなのが王城だ。

　圧倒的なその佇まいを見た時、ぼんやりと初めて見た時に驚いたなという感覚が生まれた。

　そうだ、あの時はリカルドが一緒だった。

「思い出した……。初出仕は兄さんが付き添ってくれたんだ」

「リオン？」

「青いマントで、マント留は姉さんがくれた」

「思い出したの？」

　ガバッ、とアリシアが飛びついた。

「あ、いや、何となくだけど。そうだったの？」

「そうよ。よく似合ってたわ。だからあのバカに投げキスとかされて……」

　馬車が、城の正面に停車する。

「男性が先に降りて女性の手を取るのよ」

「わかってるって」

俺は先に馬車から降りてアリシアに手を差し出した。

周囲にいた何人かが、こちらに目を向ける。

会釈をするように頭を下げる者が殆どだが、中には何故かヒソヒソと囁《ささや》き交わしている者もいた。

「事務棟まで送ってあげるわ」

「アリシアはその後どうするの？」

「私は城の者に案内させて陛下にお会いするわ。帰りは城の馬車で送っていただくから、あなたは自分の馬車で帰るのよ」

「わかった」

「……言葉遣いが悪いわ。もっとちゃんとしなさいと言ってるでしょう」

と言われても、貴族らしい話し方なんて慣れない。

「かしこまりました。気を付けます」

「ねえ、前髪だけでも下ろさない？　その方がいいわ」

アリシアの手が伸びて、俺の髪を乱す。

その時、軽い声が聞こえた。

「おやおや、未来の姉君は随分大胆な浮気をなさる」

その瞬間、アリシアの綺麗な顔が歪んだ。

戦闘態勢、みたいな顔だ。

「オリハルト様。冗談にしても人聞きが悪過ぎますわ」

声のする方を見ると、白っぽい金髪の男性がにやにやと笑ってこちらを見ていた。

「周囲にいる人間の疑問を口にしただけですよ。クレアージュ侯爵令嬢が人目も憚《はばか》らず若い男性とイチャついているのはどうしてだろうって」

白い礼服に身を包んだ、肩まで伸ばした巻き毛の金髪の美男子。これがオリハルトか。瞳の色が紫色っぽく見えるのが珍しくて、思わず見入ってしまう。

背も高いし、スタイルもいいし、華やかな顔立ちはザ・王子って感じで、同じ男性である俺でもかっこいいと思えた。

「弟です」

俺が言うと、アリシアが足を蹴った。

「痛った……」

「答えなくていいのよ」

「姉上、王弟殿下の質問に答えないのは不敬《ふけい》ですから」

それに、今の質問のお陰で周囲の人間が囁き交わしてた理由がわかった。オリハルトと同じように、俺を見知らぬ男と認識したのだ。

アリシアのためにも、はっきりと『弟』宣言しておかないと。

もしかしてこの人は周囲の人達の疑問を直接ぶつけてくれたのかな？　アリシアが説明できるように。

「弟？　ひょっとしてリオン？」

オリハルトは近づいてきて俺の顎《あご》を取るとじっと顔を見た。

色気のある男だなあ。

兄の王様もこんな感じなんだろうか？

しかも間近で見ると本当に目が紫だ。これがロープレだったら魅了の魔法が掛かりそうだ。

「リオン・クレアージュです。初めまして」

「初めまして？　何度も会ってると思うけど？」

「階段から落ちて記憶喪失になったんです」

「記憶喪失。可哀想に」

「いや、家族が優しく接してくれるので、問題ないです」

冷静に答えると、彼はちょっと意外という顔をした。

「何か君、変わったね」

「はい。記憶喪失ですから」

何があってもそれで押し通す。

それが我が家が出した結論だ。記憶喪失なら、他にも例があるので疑われないだろうということで。

「それにしても、こんなに美形だったとは。流石《さすが》にアリシア殿の弟だ。どうして今まであんなに野暮ったい格好をしていたんだい？　この方がずっといいよ」

「ありがとうございます。でも前のことはよく覚えていないので」

「美形だ。可愛い。全てを忘れたというなら、私と新しい関係を築こう」

彼が顔を近づけてきたところで、アリシアが割り込んで来た。

「オリハルト様、弟は怪我が治ったばかりですの、お手を触れないでください」

背の高いオリハルトを下から睨む姿が、何かを思い出させた。

そうだ、アレだ。乙女ゲームの悪役令嬢。美人なのに顔立ちがキツイところも、言動が攻撃的なのもそっくりだ。

まあ、中身は違うと思うけど。

「ああ、階段から落ちたんだったね。では私の部屋でゆっくりお茶でも飲んで休むかい？」

だが彼はアリシアの邪魔をものともせずに俺に笑いかけた。

「今から仕事ですのでお断りします」

「私が呼んだと言えば咎《とが》める者はいないさ。何なら、今夜は私の部屋に泊めてあげてもいいんだよ？　こんなに可愛い子なら楽しめそうだ」

可愛い……。大志の時には言われたことのないセリフだな。

「リオンは鈍臭くて殿下のお相手など務まりませんわ」

その一言で、にこにこと笑っていたオリハルトの顔が急に真面目になった。

「弟を愚鈍などと言うものではないよ。彼にもよいところがある」

けれどアリシアはそれに気づかず、俺の手を取るとグイグイ歩き始めた。

「さあ、行くわよ、リオン」

人々の行き交うホールを抜け、通路を進み、別の建物へ入ってから足を止めて振り向いた。

「いいこと。オリハルト様に褒められたからっていい気になっちゃダメよ。あの方は誰にでもああいうことを言うんだから。調子に乗って部屋に付いて行ったりしないように。ああ、だからメガネを掛けさせてたのに」

悔しそうに言う彼女を見て、俺は大体のことを察した。

彼女は、婚約者の政敵だからオリハルトを嫌っていたのではない。

さっきの言動からして、オリハルトはゲイなのだ。そしてそのゲイから弟を守るために、野暮ったい格好をさせ、ダサイ伊達メガネを掛けさせていたのだ。

「あなたなんか、いいところは全然ないんだから」

「うん」

彼女の考えがわかって俺が頷くと、彼女はハッとしたように表情を変えた。

自分の言葉がよくなかったと思ったようだ。

「……違うわ。リオンは素敵よ。だから心配なのよ」

ここですぐに訂正するところがツンデレだな。うちの姉貴達と一緒だ。ガンガン言うクセに突然反省する。

これが女の子ってことなんだろう。だから傍若無人《ぼうじゃくぶじん》でも憎めないのだ。

「俺は男色家じゃないから大丈夫だよ」

彼女が言い過ぎたと反省したので、こっちも歩み寄る。言いたいことはわかってるよ、と。

「……わかったの？」

「あの人、男色家なんだろう？」

「そうよ。オマケに遊び人。ふらふらして陛下のお手伝いもしない。あなたは覚えてないだろうけれど、初めて出仕した時、あなたに向かって投げキスしたのよ。皆が見てる前で。危なったらありゃしない」

馬車の中で言ってたのはそれか。

「ずっと野暮ったい格好をさせてたから近づいて来なかったのに。リオンがそんなに格好よくなっちゃうから……。ねえメガネだけでも戻しましょうよ」

「いや、もう顔見られてるし。心配しなくても、俺は前のリオンと違ってきっぱり断れるから大丈夫」

「王弟殿下の命令となれば簡単には断れないわ。気が付いたら危険な目に遭ってるかもしれないのよ」

「オリハルト殿下が遊び人だっていうなら、面倒は起こさないと思う。仮にも兄の婚約者の弟を、本人の意志に関係なく押し倒したら問題だろう？　無理やり何かされたら、陛下に言い付けるって言えば逃げられると思うけど。陛下って弟に甘い人？」

「陛下は公正な方よ。そうね、そう言えば無理やりはしないかも。でもあなたが上手く丸め込まれたりしたら……」

「それは大丈夫。俺は浮気者は好みじゃないんで」

アリシアは、ふっと笑みを浮かべた。

「粗野な口の利《き》き方はよろしくないけれど、オリハルト様にはいいかもね。わかったわ、あなたを信用するわ、リオン」

ようやく落ち着いた様子になったアリシアは、通路を進みながら俺を奥へと案内した。

すれ違う人々のメガネ率が上がってきたと思う場所が、事務棟。

建物の飾りも少なく、質素な服装の人が多い。

その一室を、彼女はノックした。

「はい、どうぞ」

の声に迎えられて扉を開けると、中にいた人達は全員直立した。

「これは、クレアージュ侯爵令嬢。このようなところに」

「こんにちは、サルアン伯爵。弟が今日から復職するので付き添ってまいりましたの」

「リオン殿を？　で、リオンはどちらに？」

ここでも俺は認識されないのか。

姉のカムフラージュ作戦は大成功だったわけだな。

「どうも、リオンです」

俺がぺこりと頭を下げると、室内全員が驚いた顔をした。

「リオン……？」

「はい。髪切ってメガネを外しました。リオンです」

もう一度名乗ると、サルアン伯爵と呼ばれた中年の紳士は、俺を上から下まで眺め回した。

「確かに……、リカルド殿にそっくりだが……」

「私が今日同行したのは、この子が階段から落ちて記憶を失ってしまったからなのです。リオン、皆さんのことを覚えている？」

アリシアの言葉に俺は部屋を見回した。

うーん、見覚えのある人物はいないいな。

「いや、わからないです」

ほらね、という顔で彼女が伯爵を見る。

「仕事のことも思い出せないようなので、暫く皆様に迷惑をかけると思いますが、どうか新人と思って使ってあげてください」

「あ、はい」

まだ信じられないというようにじっと俺を見ていた、多分この部屋で一番偉い上司であろうサルアン伯爵は生返事で頷いた。

アリシアが付いて来たのは、変貌した俺がリオンであると認めさせるためでもあったのかもしれない。

「私はこれで行くけれど、頑張るのよリオン」

「もちろん。すみません、サルアン伯爵。どなたかに姉を送り届けるようお願いできますでしょうか？」

「え？　ああ。クレール、ご令嬢をお送りしろ」

「はい」

名指しされて立ち上がったのは、恰幅《かっぷく》のよい真面目そうな男だ。うん、こいつなら任せても安心だろう。

その誠実そうな男に連れられてアリシアがその場を離れると、一斉に皆が俺の周囲に集まってきた。

「お前、本当にリオンか？」

「お前そんなに美形だったのか？」

「記憶がないって本当か？」

降り注ぐ質問に、俺は片手を上げて待ったをかけた。

「サルアン伯爵、質問に答えると仕事に支障が出るようなら昼休みに纏《まと》めて答えますが、今全部はっきりさせておいた方がいいですか？」

「……私も質問したいから、今でいい」

「わかりました。では質問は一つずつ、順番で。勤務時間に食い込むのはよくないので、先に三十分と時間を決めましょう。残りは昼休みに受け付けます。ああ、そうだ。業務についての記憶も欠損しているので、仕事に入る時にはどなたか仕事についての説明をお願いします」

普通のことを言ってるつもりなのに、何故か、皆の顔が一様に表情を無くした。

「お前……、本当にリオンなのか？」

リオン、前のお前は一体どんなヤツだったんだ……。


俺の新しい職場は、経理だった。

とはいえ、俺の知っている会社とは微妙に違う。たとえば、商売ならば業績によって収入が上下するが、城の収入は税金だ。

収入の上下は気候によるものが多い。

議会で決定した事業と、軍部等の各部署でそれぞれ必要経費を算出し、経理に申請すると経理がその必要性を吟味し、支払いを許可する。

なので、申請が減額されると必ずと言っていいほどクレームが来る。

責任者を高位貴族にして、無理やり申請を通そうとする者もいる。

なかなか辛い職場のようだ。

だが、説明を受けた俺が気になったのは、帳簿の付け方だった。

収入の細かい内訳はなく、バンッと全体金額だけが記され、支出は内容を問わず金額だけで帳尻を合わせようとしている。

「これ、おかしいですよ」

俺はサルアン伯爵に異議を申し立てた。

「年度毎《ごと》だけじゃなく、過去の履歴も比べないと。それぞれの部署で毎年どれだけ使ってるかを記録して、申請には何に使うのかも書き込ませるべきです。仕事は細かくなりますが、こちらに反論の理由ができます」

今のやり方では、申請した者勝ち。高い額を書いて、それが通ったらラッキー。本当に必要なところが、書いた者勝ちと同じように減額されれば文句が出るのは当然。

なので、毎年どれくらいの額を使ったかを統計とって、申請の予測を立てる。

記録があれば、去年これぐらいだったから今年もこれぐらいでいいですよね、という申請を断る根拠を作れる。

更に使う予定の内容を書かせればこちらも増額を納得できる。適当に書かれた架空請求をチェックもでき、減額もしやすい。

議会が出して来る不定額の申請だけに対応すればいい。

サルアン伯爵はそのシステムを理解し、善処することを約束してくれた。

そして、俺の計算能力をベタ褒めしてくれた。

理由は簡単、九九だ。

当たり前だが、九九は日本の誇る計算方式。この世界には存在しない。

掛け算という概念はあるけれど、即答できる人はおらず、俺は『凄く頭がいい』認定をされてしまった。

連立方程式とか教えたら、数学者になれるかも。

仕事について色々と進言はしたけれど、俺はワーカーホリックではない。基本的に残業が嫌いで、定時に帰りたいタイプだ。

なので、部署の人間に、このシステムを考案したのは『みんな』で、しかも仕事が早く終わって自由時間が増えたことは内緒にしようと持ちかけた。

経理で事務を行っている者は、大抵が家を継げない次男以下か、跡継ぎでも子爵か男爵。中には学園で成績優秀だった平民もいる。

周囲から突き上げやクレームを食らい、出世の見込みもない部署だったので、業務の単純化と時間の短縮は歓迎された。

残業して頑張っても報われないなら、楽をしようということだ。

お陰で、部署内部の雰囲気はぐんとよくなり、皆に感謝された。

もののわからない俺に、色々と親切にしてくれるようになった。昼飯に誘ってくれる同僚もできたし、帰りに城の中にある酒保に立ち寄るようにもなった。

女子職員がいないので、男ばかりの集まりだが。

友人達の言っていた無駄モテ状態だ。

だがこれもまたよし。

現状に満足して日々を過ごしていた。

ただ一つ、アリシアの心配していたオリハルト殿下だけがウザかったけど……。

いや、王弟殿下にウザいと言ってはいけないか。

でも彼が毎日のように俺の前に姿を見せ、絡んで来るのは面倒だった。

最初は、俺が目的という訳ではないようで、見かけると手を振ったり、ウインクしたりという程度だった。

けれど何故か、彼は他の人がいると俺に近づいて来るのだ。

「やあ、リオン。今日もご機嫌だね」

「別に」

「つれないな。私に会って嬉しくないのかい？」

「特には」

正確には計っていないが、リオンの身長は百七十ぐらいだろうか？　オリハルトは横に並ぶと目線が肩ぐらいだから、百九十はあるだろう。

だからといって筋肉ムキムキではなく、スレンダーな身体つきだ。

その高身長の男が隣に寄り添って来ると、圧を感じる。

「すいません、もう少し離れてもらえませんか？」

「何故」

「殿下の陰になって視界が悪くなるので」

「面白いことを言うね」

いや、事実なんだけど。

「だったら、座って話そうか。私の部屋に来ないか？」

「俺は城に仕事をしに来てるので、ご遠慮させていただきます」

いつもならこれで『じゃあまたね』と別れてくれるのだが、今日はそうならなかった。

「仕事ねぇ、最近経理の仕事はゆとりがあるみたいじゃないか。そこのところを説明して欲しいと思ってね。これも仕事だよ」

遊び歩いてるわりには詳しいじゃないか。

「王弟として、政務の進行についてはちゃんと把握しておかないと」

「だとしたら、上司に確認を取ってからでないと」

「そうか、ではサルアンには人を送って伝えておこう」

「私室には行きませんよ。話をするなら別室でお願いします」

「警戒してる？」

「してます」

「では私の執務室に行こう。それならいいな？」

「……わかりました」

オリハルトは近くに控えていた侍従に声を掛けると、経理のサルアン伯爵に部下のリオンを借りると伝えるようにと命じた。

これで取り敢《あ》えず、俺がどこにいるかを把握している人間はいることになる。サルアン伯爵には俺がオリハルト殿下に目を付けられてると報告してあるので、あまり長い時間拘束されるようだったら迎えを出してくれるだろう。

いつもの地味な通路ではなく、装飾の多い派手な通路を進み、豪華な扉の前まで来る。

そこには何故か美形の青年が待っていた。

「アレン、ごめんね。今日は別の子と遊ぶから」

……愛人か。

「然様《さよう》ですか」

黒髪の、見たことのない顔だ。

「君はクレアージュ侯爵家の次男だな？」

「人に名を尋ねる時には自分から名乗るのが礼儀だと思いますが？」

正論なのだが、相手はギッと俺を睨みつけた。

「彼はね、コレルア伯爵。私の大切なお友達だよ」

アレンに代わって、オリハルトが答える。

「そうですか。では同席していただいた方がよろしいのでは？　大切なお友達はわけのわからない者と殿下が二人きりになるのが不満のようですし」

「うーん、今日はリオンと二人きりがいいからダメ。アレン、君とはまた後で」

「かしこまりました」

思ったよりあっさりと、アレンと呼ばれた男は去って行った。

「殿下を待たれていたようですから、あちらを優先させてもよろしかったのですよ？」

「彼はいつでも私の呼び出しに応えてくれるからね。なかなか応じてくれない君が優先だ。さ、中へどうぞ」

オリハルトは扉を開け、俺を招き入れた。

執務室、なんだろうな、一応。

正面には大きなデスクがあり、その前にはありきたりの応接セットが置かれている。

だが広過ぎるその部屋には、別に仮眠が取れそうなくらい大きな長椅子が置かれていた。

あの長椅子、何に使われてるんだか……。

少し警戒したが、彼は応接セットの方の椅子に座るよう、俺を促した。

腰を下ろすと、彼は向かい側に座った。何故か一人掛けの方ではなく、長椅子の方だ。

「君、記憶喪失になってから随分と人が変わったんだって？」

「かもしれませんが、俺は以前を知りませんので」

「前はもっとおどおどしてたな。顔も隠していたし、私を真っすぐ見ることもなかった」

「そうなんですか」

「職場の人間にも言われなかった？」

「言われました。以前と違うと。でも過去を知ったからって昔のようにしようとは思わないので関係ないです」

「ふうん」

彼はひじ掛けに寄りかかるように姿勢を崩した。

「いいね。今の君は私の好みだ」

「俺は好みじゃありません」

「え？」

「殿下は私の好みではない、と言ったんです」

「……随分な言い方だな。私に好かれると出世も思いのままだよ？」

「王族に気に入られたら出世するような腐敗した国とは思いたくないので、聞き流します。昇進は業務の正当な評価の結果であるべきですから」

「それは理想論だね」

……それを言っていいのか。

「だが、理想論を語る君も素敵だ」

微笑《ほほえ》みを送ってくる彼に、俺はワザと大きくため息をついた。

「何で俺なんですか。突然顔がよくなったから興味が湧いたんですか？」

「それもある。だが兄の婚約者の弟と仲良くすると、皆が安心するからね。君だって、お姉さんの立場をよくしたいだろう？」

「俺の動向で姉の婚約がどうこうなるとは思いません。それほど自分に価値があるとは思っていないので」

「そんなことはない。君は認められるべき人間だ」

何故か、オリハルトはムッとした顔になった。

「経理の新しいシステムを考案したの、君だろう？」

「みんなで考えました」

「王族に嘘はよくないよ？」

「提案をした一人ではありますが、意思決定は上司です」

「ふむ、でも計算能力も高いし、新しい帳簿の付け方を考案したのは君だろう？」

……よく知ってるな。

部内だけの秘密にしておこうと言ったのに、誰か彼と繋がってる人間がいるのか、口が軽い人間がいるのか。

「そんな顔しなくてもいい。褒めてるんだから」

「いえ、経理には部外秘のことが多いはずなのに、よくご存じだな、と思っただけです」

「そりゃ私は王弟だもの」

いや、そういう問題じゃないだろう。社長の弟だからって部内秘を知っていいってことにはならないだろう。

俺が思ってるより、この世界では王様の力が強いってことか？

そして目の前にいる人物が、思っていたよりボンクラではないのかも。

「気になってるのは、どうして手柄を自慢しないのかということだ。誰かに押さえ付けられてるのじゃないか？」

「そこまで詳しく知ってるなら、俺が内緒にしましょうって提案したのも知ってるんじゃないですか？」

「そう言わざるを得ないように命じられた、ということは？」

「ありません。みんないい人です」

「私にだけは言ってもいいんだよ？」

彼は立ち上がり、テーブルを回って俺の座っていた椅子の隣に座った。

「君のことは記憶を失う前から見ていた。いつも何かに怯えるようにしていたから気になっていたんだ。どうか私に正直に言って欲しい。困ったことはないかい？」

もしかして、いい人なのかな？　でもアリシアの心配のためにも、ここは冷たくしないと。

「ありません」

甘く囁いたのに素っ気なく即答する俺に彼は一瞬動きを止めた。

「私は兄以外には権力がある。怖がることはないんだよ？」

「怖がったりしません。もちろん、あなたにも」

「つれないな。私にここまで言われれば誰でも私に甘えてくるのに。私の恋人になりたいと言う者は多いんだよ」

あ、このセリフはマイナスだ。権力主義っぽくて嫌だな。

「それはあなたが王弟殿下だからでしょう。逆らえば罰されるかもしれないし、権力が欲しいと思えば、近づきたくなるものです」

「私自身に魅力がないと？」

目の前にある顔をじっと見た。

「肩まである金髪巻き毛で紫の瞳、整った甘い顔立ち。観賞用としてはハイクラスだと思います。でも中身には魅力を感じません」

そんな返事がくるとは思っていなかったのだろう。彼はポカンとした顔になった。

「俺は男色家ではありませんし、家族に美形が多いので綺麗な顔には免疫があります。ですからあなたの容姿を特別視はしません。愛人や恋人が多いという噂を聞いているので、そういう姿勢は嫌いです。遊び歩いて仕事をしない人にはこれっぽっちも魅力は感じません」

「……言うねえ」

「正直に言わないといいように誤解されそうなので。あ、でも王弟殿下というお立場の方には相応の敬意は払うつもりです」

彼はじっと俺を見ていたかと思うと、突然クックッと笑い出した。

「いいね。いいよ、リオン。本当に君のことが気に入った。是非真面目に口説かせてくれ」

「仕事の話じゃないのでしたら、俺はもう退室させていただきたいのですが」

「仕事の話は終わりだが、ここからは恋の時間だよ」

彼が俺の肩を抱こうとした時、ノックもなくドアが開いた。

「ここにいたのね、リオン！」

アリシア……。

「仕事場に行ったらサボッてると聞いて捜しに来たのよ。まともに仕事もできないなんて、本当にダメな弟ね」

俺がオリハルトに連れて行かれたと聞いて、わざわざ俺を捜しに来てくれたのか。

「暇を持て余してるんなら、私に付き合いなさい」

「アリシア殿、彼は今私と話を……」

「話は終わったので、姉と行きます。では殿下、また機会がありましたら」

引き留めようと、伸ばしてきた彼の手からするりと逃げて立ち上がる。

「ほら、早く来なさい」

ドアへ向かうと、到達する前に彼女は俺の手を取って強引に引っ張った。

「では失礼、オリハルト様」

「……やれやれ、未来の姉上は強引なようだ」

彼の、吐き捨てるようなその言い方に少し引っ掛かった。俺に対する態度とアリシアに対する態度が、随分違い過ぎないか？

まあでもゲイの人の中には女性が嫌いという人もいるか。

「全く、あれほど気を付けなさいって言ったでしょう！」

それよりも、こっちを宥《なだ》めるのが先だな。

「仕事の話をしただけだよ」

「そういうのを口実に連れ込まれるのよ」

「執務室だよ？」

「あそこが別名逢い引き部屋なのよ」

ああ、だから俺が来た時に男の人が待ってたのか。

「心配しなくても、俺があそこへ行くってちゃんと外部の人間に伝わってただろう？」

「伝わってても連れ込まれたら意味ないでしょう」

「はい、はい。じゃ、俺は仕事に行くから」

「お姉様の忠告はちゃんと聞きなさい。本当にあの方は危ないのよ。騎士のラトニア様は浮いた噂一つなかったのに、いつの間にかべったりになってしまったし」

「ラトニア様？」

「アーディオン派の騎士よ。きっとわかってて口説いたんだわ。アーディオン様の周囲の人間を削ろうとしてるのよ。私のことも気に入らないから、弟のあなたに声を掛けるのだわ」

微妙に違和感があるな。

彼はあまり王位に興味があるようにも見えなかったし、兄を悪し様には言っていなかったのに、わざわざ兄派の人間を引っ掛ける？

たまたまじゃないのかな。

「トーマ？」

「そうだわ。トーマ様があなたに会いたがっていたわよ」

「覚えていない？　小さい頃はずっと一緒に遊んでいたのに。今は騎士団に入ってらっしゃるから、訓練場に行けばすぐ会えると思うわ」

トーマ……。

「トーマ・スクラス？」

「覚えてるの？」

「ぼんやりと」

アリシアは嬉しそうに微笑んだ。やっぱり弟の記憶が残ってる方が嬉しいんだな。

「今度会ってらっしゃい。命令よ」

「はい、はい」

今回のことでよくわかった。アリシアとオリハルトは犬猿の仲。アリシアは俺がリオンの記憶を持ってると喜ぶ。

オリハルトはチャラいかもしれないが、情報収集に長けているというか経理に繋がりがある。

もしかしたら優秀なのかもしれない。

そして、アリシアが俺を悪く言うと不快感を見せる。俺に限ってではなく、他人が他人を悪く言うのが嫌いなら、いい人なのだろうけど。

それらのことは、覚えておいた方がよさそうだと思いながら、俺は仕事に戻った。

オリハルトはまだ俺に絡んできそうだという予感を持って……。


その予感は外れなかった。

翌日の昼休み、俺は見ず知らずの老人に呼び止められた。

「リオン・クレアージュ？」

「はい？」

身なりからして上位貴族とわかる老人は、俺をジロリと睨みつけた。

「最近随分と幅を利かしているそうだな」

「どなたでしょう？」

「ワシが誰だか知らないのか？」

「記憶喪失なもので」

「バカのふりか」

いや、記憶喪失はバカではないと思うのだが。

「お前ごときが政務の財政に口を出していいものではないとわかっているか？」

「はい。口は出してません」

「生意気な口を利くな！　お前が戻ってから制度が変わったのはわかってるのだぞ」

これは……、申請が難しくなって削られた口かな？

文句を言いたくても、きちんとした書類を揃えて正論で却下されるものに文句はつけられなくなってるから、裏からネチネチ言いたいってことか。

「ご用件は何でしょう。用がなければ仕事に行きたいんですが」

「ワシを無視するのか」

いや、無視してないからちゃんと行っていいかと訊いてるんじゃないか。

「いくら陛下の婚約者の弟といえど、陛下が失脚すれば無価値なのだぞ。オリハルト様が王になればむしろお前達は王家の敵と……」

偉そうに語り始めた老人の言葉が止まるのと、俺の首に腕が回されるのは同時だった。

「だめだなぁ、テアード侯爵。そんなこと口にしちゃ、侯爵ご自身が反逆罪に問われてしまいますよ」

「オリハルト殿下……」

老人の顔から血の気が引く。

「リオンのことは、今私が口説いてるんだから、邪魔しないでくださいよ。嫌われちゃったら困るでしょう？」

言いながら、背後にいるオリハルトが俺の頭にキスしたのがわかった。

「あなたが私を好きなのはわかってますから、私の恋の障害にはならないでください。でないと排除したくなっちゃうから」

「……失礼いたしました。私はこれで」

老人は叱られた子供のように、そそくさと逃げて行った。

「助けてくださって、ありがとうございます。ですがコレは外してください」

俺は首に回っていた彼の腕を軽く叩いた。

腕はすぐに外れたが、本体がするりと横に並び、腰に手を回されたのでその手も叩いて外させる。

「ごめんね。嫌な思いをさせて」

「何故殿下が謝るんです？」

「彼は私の派閥らしいから。一応、ね」

「自分派の人間は掌握しているんですか？」

「一応だよ、一応。で、そろそろお昼時だけれど、私と一緒に食事はどう？」

「すみませんが、今日は予定があるので」

「予定？　どこへ行くんだい？」

「姉に言われたので騎士の訓練場に」

「……彼女は君に騎士になれとでも言ったのかい？」

あ、また表情が曇る。

「いいえ。俺の幼なじみがそこにいるらしいので会いに行ってみようかと思って」

「記憶はないのだろう？」

「はい。でも心配してくれてるみたいなので、顔だけでも見に行こうかと」

「ふぅん、では私も一緒に行こう。丁度《ちょうど》そちらに用事があるんだ」

「……相変わらず暇ですね」

俺の厭味を聞き流し、少し距離を置きながらも勝手に付いてくる。

距離を置いてくれるならありがたいから、存在を無視して足を進めた。

事務棟の経理課と文書課の間にある広い場所がそうだということだったので、ぶらぶらしながらそちらへ向かうとすぐに人声が聞こえてきた。

広いグラウンドみたいなところで、剣を打ち合わせている者と、汗を拭きながらそれを眺めている者の姿が見える。

「あ……」

その中の栗毛の男性を見た時、俺の頭の中に一緒に遊び回るソバカスの男の子の姿が浮かんだ。

庭を走り回り、木に登り、金髪の年上の少年に叱られる姿。泣いている俺と、頭を下げるソバカスの少年。

そうだ、金髪の少年は兄さんだ。遊び回って服を汚し、俺と彼はしこたま怒られたのだ。

「トーマ……？」

目の前にいる栗毛の男が記憶の中のソバカスの少年に重なる。

「トーマ！」

思わず、俺はその名を呼んだ。

大きな声に、彼だけでなく数人の男達が振り向く。

「リオン！」

俺がトーマだと思った男は、こちらに気づくと笑って手を振った。

近くにいる上司らしい人に声を掛けてからこちらを指さす。上司はこちらを見て少し驚き、休憩を宣言した。

トーマは真っすぐ走ってきたが、近づくと足が止まり、騎士の礼を取って頭を下げた。

「これはオリハルト殿下。何か御用でしょうか？」

あ、そうか。背後に彼がいたんだっけ。

「やあ、スクラス。健勝《けんしょう》で何より」

「私ごときの名前を覚えていただき、ありがとうございます」

「私のことは気にしなくていいよ。訓練を覗きに来ただけだから。可愛い子はいないかと思ってね」

トーマの唇の端がヒクッと動いたのを、俺は見逃さなかった。

オリハルトの性癖は有名なんだな。

「俺がリオンだって、よくわかったな」

本人が気にしなくていいと言うんだから無視しておこうと、俺からトーマに声を掛ける。

友人は視線をオリハルトに残しながらも、こちらに応じた。

「メガネのない顔なんて、子供の頃から見てるからな。それより、記憶喪失だって聞いたけど、俺がわかるのか？」

「今思い出した。お前の顔見てたら兄さんに怒られた時のこと」

「ああ、冬のバラ園を突っ切った時か。あの時のリカルド様、おっかなかったもんな」

「はっきりとじゃないけど、泣いたのは覚えてる」

トーマの視線が動いたので、背後のオリハルトが俺から離れたのがわかった。それに合わせるように休憩に入った騎士達の何人かがこちらに集まってくる。

「お前、本当にリオンか？」

「変わったなあ。どうやったらそんなに可愛くなるんだ？」

「背筋も伸びたじゃないか。その方がいいぞ」

親しく声がけしてくるということは、リオンの知り合いなんだろうな。

「メガネ外して髪切った」

「いや、それはそうだろうけど」

「言っただろう？　リオンだって顔は悪くないって」

トーマが我が事のように胸を張る。

「子供の頃はアリシア様に『私の黒真珠』って呼ばれてたんだぜ」

「……何、その恥ずかしいアダ名。厭味でしかないからヤメロ」

鏡を見る度、元の自分と違ってリオンの顔立ちが可愛い系なことは気づいていたが、『黒真珠』は恥ずかし過ぎだろ。

「最近、事務の仕事でも評価されてるらしいじゃないか」

「騎士団の予算増やしてくれよ」

「かっこよくなって、彼女できたんじゃないのか？」

いいな。

彼等も騎士というからには貴族の子息なのだろうけれど、体育会系のノリなのか扱いが雑で安心する。

「こいつ、俺のことだけ覚えてたんだぜ」

トーマは肩を組むと俺の頭を乱雑に撫でた。いや、覚えていたというか、思い出したというのが正確なんだけど。

「せっかく色男になったんだから髪を乱してやるなよ。その様子なら剣の腕も上がったんじゃないのか？」

他の騎士がそう言って笑った時、背後から肩を掴まれた。

「知らなかったな、リオンも剣を持つんだ」

ああ、この人がいたんだっけ。

「家でちょっと持ちましたが、大したことはありませんでした」

「大したことがあるかどうか、私が見てあげよう。君、その剣を貸したまえ」

トーマは慌てて彼を制止した。

「オリハルト様、リオンは剣が得意ではないのです。どうぞお許しください」

「許す？　彼は悪いこともしていないのに？　外見も内面も変わったんだ、もしかしたら剣の腕前だって変わってるかもしれないだろう？　友人ならば君の剣を彼に貸してあげなさい」

「殿下」

トーマの言葉を聞かず、もちろん俺の意志も無視して、彼は騎士の一人から剣を受け取ると軽く振りながら訓練場へ出た。

「おいで」

と言われても……。

これ、断ったら罰を受けるのかな。

「リオン、お前剣の腕も上がったのか？」

「家でちょっと振ったけど、重たくてふらふらした」

「だよな。これは模擬剣で刃は潰してあるが鉄剣だ、当たると怪我をするから早めに負けて頭を下げとけ」

「どうなったら負ける？」

「一振り合わせたら剣を離せ。剣を落とせば負けだ」

「わかった、そうする」

友人の助言を受け、渋々ながらオリハルトの前に立つ。

鉄の剣はやはり重たかった。ゲームだと軽々と振り回してるが、実際こんなのを振り回して戦う騎士は凄いと思う。

確か西洋の騎士の剣っていうのは重さを稼いで振り下ろすのが基本なんだっけ？　だとしても今の俺にはこれを上段に構えるのは難しいな。

見よう見まねで剣道の構えを取る。

オリハルトも、両手で剣を構えた。

「騎士とは簡単に打ち解けたみたいだな」

「お蔭様で」

「私より彼等の方がいいわけだ」

「それはまあ」

答えた途端、彼の剣が飛んで来た。

反射的に構えた剣でそれを受けてしまう。元々の反射神経は悪くないので、テニスでスマッシュを打たれたらそこにラケットを出す、みたいな感じだ。

トーマに、一撃目で剣を離せと言われていたのに。

「へえ、上手く受けたね」

「偶然です」

「そうかな？」

言いながら、彼は二撃、三撃と当ててくる。

これが上から振り下ろすのならば、重さに耐え兼ねて手も離せたのだが、彼は身体の正面に向かって剣を打って来るから受けざるを得ない。

本気ではないのだろう。時には右手だけで楽しそうに笑みを浮かべて打ち込んで来る。この人はきっとかなりの使い手に違いない。

そう感じると、何故か急にムカついた。

からかわれてることがシャクなのか？　ならば受けるだけでも続けた方がいいのか？

とはいえ、リオンの筋肉は脆弱で、そう続けられるものではなかった。

それに、剣の握り方も悪かったのだろう。

これはどうだと悪い顔で笑うオリハルトの顔はカッコイイなと思いながら、初めて下からすくいあげるように入れて来た何度目かの斬撃《ざんげき》を受けた時、スポッと剣が抜けた。

目の前で、彼がしまったという顔をする。

次の瞬間、俺はこめかみに痛烈な痛みを感じ、みっともなくも仰向けに倒れた。

「リオン！」

「リオン！」

周囲で見守っていたトーマを始めとした騎士達が慌てて駆け寄って来る気配を感じる。

大丈夫だ、と言いたかったが脳震盪《のうしんとう》を起こしているのか声が出なかった。

「騒ぐな。私の責任だ。すぐに運ぶ」

あれ、俺ひょっとしてお姫様抱っこされてる？　みんなが見てるのに？

恥ずかしさのあまり、俺は気絶を決め込んだ。

流石に意識のない人間に悪さはしないだろうと思って。

けれど彼が俺を運び込んだのは、俺が想像した場所とは違っていた……。

確かに、『どこに』運ぶとは言わなかった。

でも普通気絶した人間を運ぶなら、病院とか治療室とか、そんなところだろう？

けれど彼は真っすぐに自分の執務室へ俺を運び込んだのだ。

ヤバイことにならないといいがと思いながらも、目が開かない。だが、彼が俺をあの長椅子に横たえてすぐに人を呼んだのはわかった。

新たな人物は、慎重に俺のこめかみに触れ、周囲を探った。

「彼は以前頭を打ったんだ。それに影響が出るようなことはあるか？」

不安そうな彼の声に、落ち着いた声が答える。

「目を覚まさないと何とも言えませんが、怪我の具合は打撲程度です。薬を塗っておきますので、暫く安静にさせた方がよろしいでしょう」

ああ、ちゃんとした医師を呼んでくれたようだ。

その医師が安静にさせろと言っているのだから、彼が変なことをする心配はあるまい。

そう思って、俺は安心し、いまさらながら意識を手放した。

眠るように。

いや、実際眠ってしまったのだろう。

その中で、オリハルトの夢を見た。

背の高い彼が、屈み込むようにして俺を覗き込む。

俺は綺麗な人だぁと思って緊張した。

『もっと身なりを整えたら、君はお兄さんに似てるんじゃないかな』

優しい声だ。

『アリシアがこれでもいいと言ってくれますし』

俺が答える。

『君は彼女を名前で呼ぶんだ』

『アリシアが、一つしか違わないのだから名前でいいと』

そう言う彼の顔は不機嫌そうではなく、俺を心配しているように見える。

『お姉さんの言うことを聞いてばかりだね』

『アリシアはいつも正しいです。目立たないためにはこの格好が……』

兄のリカルドは美男で侯爵の跡取りで、いつも注目の的だった。姉のアリシアも美しく、王の婚約者となった。

でも自分は地味な文官のままで、いつも二人と比べられる。それが嫌だから地味なままでいいのだ。

正直、今目の前に美しい王弟殿下がいることだけでも萎縮《いしゅく》してしまう。

『そうか。でも私は君には君の良さがあると思うし、アリシア殿の命令に従わなくてもいいと思うよ』

命令されているわけではない。

こんな格好でいることを許してくれているのだ。王の婚約者の弟なのだからもっとちゃんとしなさいなんて言われたこともない。

髪をきちんと切り揃えなければ、黒縁のメガネを掛ければ、もっと目立たなくなると考えてくれている。

『弟だからと我慢しなくていいんだよ』

そう言って、彼は去って行った。

リオンは、その背中を見てほっとした。

華やかな人の側で、自分がどうしたらいいのかわからなかったから。いなくなってくれてよかった、と思った。

そうか……。

今の記憶で幾つかのことがわかった。

大志である俺は、まあまあのルックスだった。

姉達が美人だと言われる部類であっても、比べられることはなかったし、比べられても悪く言われることはなかった。

でもリオンは違ったんだな。

容姿だけならきっとそんなに悪くなかっただろう。だが肩書と共に比べられると、跡継ぎでもなく、これといった特技もない彼は、兄や姉に劣るとコンプレックスを覚え萎縮していたのだ。

コツコツと地道に努力ができることは美徳だと思う。

家族も彼に対して優しかった。

けれど、社交界では、出来過ぎる兄に嫉妬する人間や、姉に王の婚約者の座を奪われたと思う人間が酷い言葉を投げ付けた。

それがじわじわとリオンを根暗な性格に変えたのだ。

何せ、一番相談できるはずだった友人のトーマですら、同じ次男の身でありながら騎士団に所属するという出世をしてしまったのだから。

もう一つ気づいたのは、オリハルトが『弟』という言葉に執着しているということだ。

彼がリオンに掛けた言葉、『弟だからと我慢しなくていい』というのは、自分に重ねたものではないだろうか？

彼が何かを我慢しているようには見えないが、彼がアリシアに不快な顔を見せた時は、いつもアリシアが俺を愚弟扱いしている時だった。

この夢のやりとりが事実なら、彼は同じ『弟』の立場であるリオンに同情していたのではないだろうか？

悪い人ではないのかもしれない。

いい人とも言い難いが……。

夢の終わりと共に、意識が戻る。

眠りが浅くなり、声が聞こえる。

「……ではないのですか？　確かに、アーディオン陛下は優秀な方だと思います。ですがお身体が弱いのでは心配もあるということです」

「婚約者殿は元気いっぱいだ。跡継ぎのことは心配しなくていいんじゃないか？」

「事がなせれば、ですな」

会話。

一人はオリハルトだが、もう一人は誰だろう？　老人のような話し方だが。

「健壮な王こそ、民の望む為政者だと思いませんか？」

「んー、でも私は執務とか真面目にするのは嫌いだから、兄上が王でいてくれた方が嬉しいなあ」

「政務を支えてくれる者は多くおります」

「だったらそういう者を兄上の周囲に配置すればいいじゃないか」

「健康面に不安を抱えた方では、支える側にも不安が募るというものでしょう」

んん……？　これは、俺が聞いてるのはヤバイ話じゃないか？

……寝たふりを続けよう。

「じゃ、兄上が健康になるように努力していただかなくては」

「オリハルト様。あなたが王になられれば、不安は解消されるのでは？　何、夫が男好きでも有力貴族の女性達は皆王妃の座を欲しがるものです」

一瞬の沈黙。

やっぱりこれって、派閥争いの話題だよな？

「ウェンスリー公爵、聞きようによっては反逆罪に取られるような言葉は慎んだ方がいいと思うよ。あちらの長椅子には私の愛人が寝てる。聞かれたら困るんじゃないか？」

長椅子？　俺のことか？　俺は愛人じゃないだろう。

「あ、いや、これはただの茶飲み話のようなものです。本気で言っているわけでは……」

第三者の存在を指摘され、男はあからさまに慌てた様子を見せた。

「茶も出していないのに茶飲み話？　ああ、お茶を出して欲しいということか。私の可愛い子も起こして三人で話の続きでもするか？」

「とんでもない。どうぞお楽しみをお続けください。私はこれで失礼いたします」

「そうか？　三人で楽しむには公はもうお年だものな。ああ、ウェンスリー公爵は女性の方がお好みか。私は男性が好きなので、兄上以上に跡継ぎが望めないなあ」

その時、ノックの音が響いた。

「入れ」

オリハルトが許可を出すとドアの開く音がする。

「おや、先客でしたか」

「やあ、アレン。丁度いいところに。公爵では三人で楽しむにはお年を召し過ぎてるが、お前なら楽しめそうだ」

「お望みとあれば」

「見て行く？　公爵」

「滅相《めっそう》もございません。それでは失礼いたします」

再びドアが開き閉じられる音がする。

アレンって、この間ドアの前で彼を待ってた男だよな？　まさか本当に彼を交えて三人で、なんて考えてるんじゃないだろうな。

「ウェンスリー公爵ですか」

「また私を王にという話だ」

「諦めませんね」

「結婚が滞りなく行われ、アリシア嬢が懐妊されれば収まるだろう」

「そうでしょうか？」

……あれ？　意外と真面目な会話だ。

「アリシア嬢に付ける女騎士の選定は？」

「陛下の許可を待つばかりです。それと、ナード川の護岸工事ですが、手配が終わりました。予算の申請も済んでますが、前よりは簡単には予算が下りないかも」

「危険性についての考察を付けて出せ。必要なことだ」

「殿下の名を責任者とすれば簡単に通るかもしれませんよ？」

「それでは私の手柄になってしまう。いつも通りアレンの名前にしておけ」

「私の手柄ばかりが増えますね」

「王弟の愛人でいる価値はあるだろう？」

「婚期が遅れますがね」

「ルイザ嬢には申し訳ないな」

「彼女は納得してくれてます。ただ彼女の両親がね。説明できないので」

「婚約を解消されそうになったら、別の男に乗り換えてやる。サディオはまだ婚約してなかっただろう」

「してますよ。ただ相手がまだ十五なだけです」

「なら三年は使えるな。次の愛人はサディオだと言っておけ」

「ローエンは？」

「彼はダメだ、髭《ひげ》がある。私は美しい青年しか相手にしないことになっている」

「確かに、ローエンでは殿下が組み敷かれてしまいそうですね。では、書類を整えて経理に出してきます」

「ああ。ついでに、リオン・クレアージュをこちらで休ませてると伝えてくれ。私が剣の相手をして怪我をさせたからと」

「あなたが相手を？　彼は文官でしょう、大丈夫だったんですか？」

「弾いた模擬剣が頭に当たっただけだ。医師は軽い打撲だと言っていた」

「ご自分の剣技の腕を考えてください。失礼します」

アレンが去ってゆく気配があってまたドアが開き、閉まる。後は静かな部屋にペンが走る音だけが響いた。

……落ち着いて考えてみよう。

今の一連の出来事はどういうことかな。

オリハルト派の公爵が来て、彼に王にならないかと持ちかけた。でも彼は断って撃退した。

アレンという彼の愛人らしい男が来て、真面目な仕事の話をした。けれどオリハルトは自分の名前が出ることを嫌ってアレンの手柄にしろと言った。

しかも愛人のはずのアレンには婚約者がいて、婚約が解消されるなら別の人間に乗り換えてやる、と。

アレンは、ビジネス愛人？　そしてスペアがいる。

……彼が男色家なのは本当か？

『あなたが相手を？』というセリフは、剣の腕があるようなニュアンスだった。いや、実際あるだろう。

俺は剣技のことはわからないけれど、ちょっと見蕩《みと》れるくらいカッコよかった。

最後の一撃を食らう前のにやりと笑った悪い顔は、実際見蕩れてしまって手が疎《おろそ》かになってしまった。

仕事も出来て、剣の腕もあって、男色がカムフラージュで、容姿もいい。

ハイスペックじゃん。

なのにそれを隠してる？

「……リオン？」

いつの間にか、ペンの音が止んで、俺の名を呼ぶ声が近くから聞こえた。

手が、額に触れる。

「そこまでです！」

近づいてくる気配に目を開けて叫んだ。

「起きてたのか。頭は痛む？　吐き気はないか？」

間近にある心配そうな顔。

吸い込まれそうな紫の瞳。

ちょっとグラッと来てしまいそうだ。

「大丈夫ですから、離れてください」

「いやだな、いくら私でも意識を失ってる人間を襲ったりはしないさ。ただ、意識があったなら別だったけど」

危険なセリフだ。

「いつから目が覚めいていた？」

「今ですよ。近づいた気配で目が覚めました」

「嘘ばっかり」

彼は笑いながら寝ていた俺の身体を尻で押しのけて長椅子に座った。

「意識が戻ってすぐにあんな大声は出せない。側にいるのが私だとも気づかない。だが君は気づいた」

「名前を呼んだ声でわかったんです」

「へえ、たった一声で私とわかるほど、私のことが気になっていた？」

顔が、また近づいて来る。

「……俺がたった今目を覚ましたことにした方が、あなたにとっても都合がいいんじゃないですか？」

「どういうことだ？」

オリハルトの顔が険しくなる。

へらへら笑ってるより、こういう顔の方が好みだな。

「公爵の言葉とか、色々です」

視線が合って、暫く無言のまま見つめ合う。

やがて、オリハルトは根負けしたかのように長く息を吐いた。

「リオンはとても頭が良くなったようだし、ごまかしても仕方ないな。公爵のことは忘れなさい。君のためだ」

あ、何かヤバイ雰囲気。

迫られたくないからと、ちょっと突つき過ぎたかな。

「わかりました。そうします。では俺は仕事に戻らせて……」

「まあそう慌てるな」

覆いかぶさるようにして、彼は俺の腕を捕らえた。長椅子の背もたれと彼の間で逃げ場をなくしてしまう。

その上、彼は顔も近づけてきた。

「今、何を考えているか正直に言ってごらん？」

近い、近い、近い。

美形の顔は迫力があるから、あまり接近して欲しくない。

「早く解放されたいです」

「そうではない。今見たことについてどんなふうに思ったか、だ」

「忘れろと言ったので忘れてしまいました」

「正直に言わないと、このまま襲うぞ？」

「キスぐらいはするかもしれませんけど、襲ったりはしないでしょう」

「何故そう思う？」

「したら、俺が陛下に訴える、と言えばあなたはしない。オリハルト様は陛下が大切で、嫌われたくないでしょうから」

「随分と買いかぶられたな」

笑ってるけど、目が笑ってない。

俺は言葉のチョイスを間違えてるか？

「買いかぶってるわけじゃないです。一時的に思い出したさっきの会話から容易に推察できるだけです」

「私は何も言ってないぞ」

「だからですよ。現王は不安だ、王になれ、有力貴族の娘と結婚しろと言われたでしょう。あなたに叛意《はんい》があれば、『そうだな』と言ったはずです。でもあなたから出た言葉は、健康が不安なら取り除こう、子供ができれば安泰、兄が王でいてくれた方がいい、だった。男色家を装うのも、男色ならばあなたには子供ができないし、令嬢との結婚も退けられて、陛下の邪魔にならない…か…ら……」

ついに愛想笑いも消え、無表情になった顔が近づいてから、俺は自分が喋り過ぎたと気が付いた。

「ほう、リオンは思っていた以上に聡《さと》いようだな。そのことを美談としてでも皆に話すつもりか？」

「美談？　どこがです。ヘタレ話じゃないですか。とにかく離れてくださいって」

「……『ヘタレ』？」

ヘタレという言葉はこの世界にはないのか。

「臆病者ってことです」

「私が？」

「でなければ嘘つきです」

「嘘？　何が嘘だ」

「何もかもですよ。愛人だって部下なんでしょう？」

「私が本当に男色家かどうか、その身で試してもいいんだよ？」

胡散《うさん》臭い笑みを戻した形のよい唇が近づいてきた瞬間、俺の我慢の限界を超えた。

相手が王弟殿下で、姉の婚約者の弟だとわかっていたから、今まで我慢してきた（つもりの）ものが、全てぶっ飛んで……。

「俺はファーストキスを男とするつもりはないっ！」

美しい彼の顔面に容赦なく頭突きを食らわせてしまった。

「……ッ！」

痛みに怯んでヒットした鼻を押さえながらバランスを崩した彼を押しのけて立ち上がる。

「ここでのことは忘れることにします。ですからあなたも頭突きのことは忘れてください」

取り敢えず手加減はしたつもりだ。

嫌がってる人間に無理強いしようとしたのだから、これぐらいの罰は与えてもいいだろう。

「……アリシアに怒られるところだった」

不可抗力とはいえ、彼に隙を見せたことは黙っておこう。

「では失礼します」

まだ床に尻餅をついた状態の彼に一礼すると、俺はそのまま部屋を飛び出した。

「クソッ、昼飯食べ損ねた……」

盗み聞いた話で、ちょっといいヤツかもと思ったことが悔しくて。

金輪際、あの男と二人きりにはならないぞ、と思いながら。

腹が減っては戦は出来ぬと思って、就業時間に入ってしまったがちゃんと昼食を取ってから部署に戻ると、皆が怪我のことを知っていて心配してくれた。

階段から落ちて頭を打って記憶喪失になったと知っているので、今日のところはこのまま帰ってゆっくり休みなさいとまで言われてしまった。

仕事はまだ片付いていなかったが、今日のところはありがたく帰らせてもらうことにする。

またあの男が絡みにやって来るかもしれないので。

夕方、俺の怪我を心配したトーマが様子を見に立ち寄ってくれたので、大したことはないと言ったが、どうやらこめかみに腫れが出ていたようだ。

「オリハルト様は剣の使い手だから怪我をさせると思わなかったんだが、それ以上にお前に剣の腕がなかったんだな」

と言われたので、やはり彼に剣の腕はあったようだ。

「あの人も、遊んでないで騎士団に入ればよかったのに」

思わず呟《つぶや》くと、友人は笑った。

「学園を卒業してから二年ぐらいはいたらしいよ」

「なんで辞めたんだ？」

「前国王夫妻が亡くなられたからさ。それも覚えてない？」

「覚えてない」

彼によると、前国王夫妻は水害の災害地に慰問に行った帰り土砂崩れに巻き込まれて亡くなったらしい。

そこでまだ若いアーディオン陛下が跡を継ぐことになり、オリハルト殿下が補佐に付く形で騎士団を辞めてしまったそうだ。

アーディオン陛下は有能だったが大病を患い、その間議会とオリハルトが政務を行った。

「その頃からだよ、王位継承問題が出たのは」

婚約者も事故で失い跡継ぎはいない、病を得たことで病弱のレッテルが貼られた王と、健康でこれから結婚を考えることができる王弟。だが、オリハルトはその頃から男色家であることを隠さなくなった。

まあ、自分が担ぎ上げられることを恐れてそういう理由を付けたんだろうな。

そして王が健康になると、新しい婚約者を得た。アリシアだ。

反対にオリハルトは安心したのか全ての仕事から退いて、ふらふらし始めてしまった。……ということになっている。

「なあ、アレン・コレルア伯爵って知ってるか？」

「ん？　政務官のホープだろ。将来は大臣になるんじゃないかって言われてる」

「オリハルト殿下の愛人って噂を聞いたんだけど」

「ああ、らしいな。でも有能だから見て見ぬふりだ。オリハルト殿下が言い寄ってるだけとも言われてるし」

「サディオって名前は知ってるか？」

「サディオ・ローカス様？　第一騎士団の副団長の」

「じゃ、ローエンは？」

「ローエン・ダクタス様とローエン・ブリード様が有名だけど」

「髭がある方」

「じゃあローエン・ブリード様だな。政務官だよ」

「ウェンスリー公爵」

「財務の第二大臣だ。息子の方なら、政務官だけど。その人達がどうかしたのか？」

「いや、女の子達が話をしてたから」

「ああ、何《いず》れも花婿候補としては有望株だからな。でもアレン様は婚約者がいる。お前だって、今じゃ花婿として有望株だ」

「俺が？」

「経理で名を上げてるそうじゃないか。上手くすれば政務官になれるかもしれないぞ。今のお前なら大臣にもなれるかも。そうしたら、騎士団にもっと予算を回してくれ」

「その頃にはトーマは騎士団長になってないと」

気の置けない友人というのはいいものだ。

彼はまだ俺の変化に戸惑う様子も見せたが、それでも軽口を叩いて笑ってくれた。

前世の友人達を思い出す。

早川は結婚しただろうか？　俺の死が彼を傷つけていないといいな。

トーマは明日も仕事があるからと、夕食前に帰っていった。

この世界は、俺の覚えている世界とは違う。

現代と中世という違いのせいだろう。民主主義と王政という違いもある。

現代ならばハラスメントと呼ばれることが、当然のこととしてまかり通っていて、それこそが常識なのだ。

長子が家を継ぐ、貴族の女性は基本労働をしない。世間体が大切。決められたレールから外れることは、落伍者と見なされる。

リオンは家族に恵まれているが、結婚は恋愛ではなく政略結婚が当たり前だから、冷えた家族関係の家も多いだろう。

自分の常識で計ってはいけない。

そのことはよく覚えておこう。

それでも、俺は変わることは出来ないのだけれど……。

翌日、こめかみの腫れが引かなかったので、俺は仕事を休んだ。

大して痛まなかったから出仕してもよかったのだが、貴族の子息が顔を腫らして人前に出るのはよくないことだし、前回の階段落ちのことがあったので大事を取らされたのだ。

またメルカード医師が来て、大事ないと保証してくれたから、その翌日には仕事に戻ることにした。

いつもより早く仕事に出て、やりたいことがあったのだ。

「あれ、リオンくん。もう怪我大丈夫なのかい？」

優しい上司のサルアン伯爵は、俺の休みの理由を知っていたようだ。

「はあ、大事を取っただけなので」

「剣で頭打ったんだって？」

「はい」

「君のお陰で仕事は楽になってるから、無理しなくていいからね」

「はい、無理はしません」

「……だよね。君は」

「ちょっと身勝手な調べ物しててていいですか？」

「いいよ。また何かいいアイデアが浮かんだら教えてくれ」

「はい」

上司の許可を得て過去の申請書を引っ繰り返す。目的があるというわけではないのだが、気になったことをすっきりさせておきたくて。

やっぱり自分の思った通りだったな、と納得していつもの業務に戻ろうとした時、来訪者があった。

「リオン・クレアージュ様はいらっしゃいますでしょうか」

「俺ですけど」

貴族の子息は一人称で『俺』という者は少ない。大抵は『私』だ。だが俺は粗野な方がオリハルトに目を付けられなくていいかもというアリシアの言葉と、記憶喪失という免罪符があるのでそれを続けていた。

しかし迎えに来た侍従は知らなかったのだろう、俺の返事を聞いて少しだけ顔を顰《しか》めた。

「クレアージュ侯爵のご子息でいらっしゃいますね？」

確認するようにもう一度訊く。

「はい」

「陛下がお呼びですので、ご一緒願えますか？」

「陛下って……。国王陛下ですか？」

「はい」

アリシアの婚約者ではあるけれど、俺は目覚めてから一度もアーディオン陛下と顔を会わせたことはなかった。

当然だろう。国王はそんなに簡単に会える人ではない。俺クラスなら、国王主催のパーティで見るか、公式行事で見るか、謁見《えっけん》の申請を出さなければ会うことはできないはずだ。

「何の御用でしょうか？」

「お茶をご一緒したいそうです。どうぞ」

俺は上司を見た。

サルマン伯爵は、『断ってはだめ』と言うように小さく首を振った。

「……わかりました」

相手がオリハルトなら『仕事中』と断れたかもしれないが、国王陛下では無理だ。王弟と王の違いを自身で強く感じた。

侍従に付いてゆくと、渡り廊下を幾つか渡り、どんどんと城の奥へ向かってゆく。

進めば進むほど、周囲の様子は豪華で荘厳になり、弥が上でも緊張してくる。気分は会長室へ呼ばれる平社員だ。

白い大理石の廊下を進み続けた後、最終的に到着したのは広いテラスだった。

周囲を花に囲まれた円形のテラスの中心にティーセットを載せたテーブル。そこに座っている金髪の男性が一人。

「陛下、クレアージュ侯爵のご子息をご案内いたしました」

「ありがとう。呼ぶまで下がっていいよ」

オリハルトを華やかな美形というなら、陛下は穏やかな美形と言えばいいのか。

同じ金髪だが肩まである巻き毛の彼と違って襟足で整えられた髪はちょっとウェーブがある程度。とても自然に見える柔和な微笑。

これは……、癒し系美形だ。

「リオン、久し振りだね。と言っても覚えていないのだったね」

声も穏やかで、話し方もおっとりとしている。

確か今年三十二歳になったはずだが、十歳以上違うアリシアが惚れてしまうわけだ。

「申し訳ございません」

「謝る必要はない。病のようなものなのだから。君に謝られると私も国民に詫びなくてはならなくなる。病気になって悪かった、と」

「わかりました。では謝罪を撤回します」

優しい訂正のさせ方だ。

「納得したところで、座りなさい。君と話をしたかったんだ」

勧められるまま、俺は陛下の向かいの席に座った。

「サルアン伯から聞いているよ。君は経理に画期的なアイデアを幾つも提案してくれたそうだね。その上、本人の計算能力も高いとか」

「ありがとうございます」

「オリハルトとも仲がいいとか」

「それは間違いです。一方的に近づかれているだけです」

流石に陛下相手に『言い寄ってくる』とか『絡んでくる』とは言えず、言葉を選ぶ。

「一方的、か。彼のことは嫌い？」

「嫌ってはいませんが、もう少ししっかりしていただければとは思ってます」

「しっかり……」

陛下はぷっと吹き出した。

「陛下は弟君が男性を好まれることをご存じなのですか？」

「知っているよ」

「かまわないのですか？」

「かまわない。君は気になる？」

「実害がなければ気にしません。男性でも、女性でも、好きになったらそれまでですから」

「では君も男性を好きになるかもしれない、と？」

俺は少し考えてから頷いた。

「本気で好きになったらどっちでも」

「リオンははっきりとものを言うようになったね。以前はすぐ俯いて、私となかなか目を合わせてくれなかったのに」

あの夢を見たからわかる。リオンは陛下にも引け目を感じていたのだろう。

「服装や髪形も以前と違って、リカルドに似てきたね。その方がとてもいい。どうして今までそうしなかったんだい？」

「姉に言われていたので」

「アリシアか」

陛下はそこで言葉を切った。

「アリシアが人前で君を罵倒《ばとう》しているという噂を聞いたのだけれど、本当かな？」

声は穏やかだったが、視線が詰問するように少し鋭くなる。

ひょっとして今日の呼び出しはこれか？

「他人から罵倒と聞こえるような言葉を向けられたことはあります」

「微妙な言い回しだね」

「事実は違いますが、他人が聞いたらそう取られる言い方だったと思ってます」

「では事実は？」

「オリハルト様避けです」

「……オリハルト？」

ここまで話してみて、陛下は外見だけでなく中身も穏やかな人だと感じた。正直に話をしても『不敬だ』と怒られることはないだろう。

「姉は、俺がオリハルト様の毒牙《どくが》にかかるのではないかと心配していたようです。それで彼の目に止まらないようにわざと髪を伸ばさせたり、伊達メガネを掛けさせたりしていたのです。特にご本人の前では、俺が取るに足りない存在だ、愚弟だと言っていました。恐らくそれが他の人からは俺を貶《おとし》めていると見られたのでしょう」

「……毒牙ねえ」

「姉は、陛下の婚約者になれたことを心から喜んでおります。王妃になれることではなく、陛下の妻になれることを。陛下の話をする時には頬を染めるくらいです。気は強いとは思いますけど、可愛い女性です。ですから、どうぞ誤解しないでください」

見かけは悪役令嬢だけど、中身は少女みたいな人なのだ。

前世の姉貴達に比べると、純粋培養のお姫様なんだなと思う。

だから幸せになって欲しい。

「アリシアが可愛い女性なのは知っている。けれど侯爵令嬢としての心得があることも知っていた。だから私の婚約者に選ばれれば、私のことを好きではなくとも結婚するだろうと思っていた。私に好意を持っていると聞かされたのは嬉しいオマケだ」

オマケということは、やはりアリシアの噂についてがメインか。よかった、説明することができて。

「まだ幼いところもあるようだが、きっと良き妻になれるだろう」

「はい。ただ俺を守るのに弟を野暮ったくすればいいと考えるみたいに暴走することがあるので、しっかり手綱《たづな》を握っておいてください」

「せっかくのご忠告だけれど、彼女の手綱は握らないよ」

「え？」

まさか婚約解消？

俺が暴走とか言ったから？

「彼女には自由にしてもらいたい。そして、私の隣を一緒に走ってもらいたいからね」

イタズラっぽくにこっと笑う顔。

……イケメンだ。

本当のイケメンだ。

「出過ぎたことを言ってすみませんでした。姉のことは陛下にお任せします」

「うん。で、君のことだけれど、変わったことはわかった。でもどうして頭を打っただけでそんなに変わってしまったのか、教えてくれないか？」

大人の余裕というか、王の威厳というか、アーディオン陛下の微笑みは本当に多種多様だ。そして複雑だ。

今向けられているのは、優しげだけれど『ちゃんと話してくれるよね？』という圧が込められている。

王である私に嘘はダメだよ、と言外に漂わせている。

「……陛下が、俺を頭がおかしくなったとおっしゃらないのでしたら」

「では言わないと約束しよう」

そこまで言われては逃げられない。俺は目覚めてから家族しか知らなかった前世の話を説明するしかなかった。

言わなかったら、何か恐ろしいことをされそうだったから。

階段から落ちて目が覚めたら、前世の記憶が蘇ったこと。そのせいでリオンだった頃の記憶がほぼないこと。

前にも姉が三人いたので、アリシアの対応に戸惑ったことはなく、歳が近いせいか妹のようにすら感じていること。

前世で生きていた世界はここよりも文明も科学も進んでいたので、経理での業績はそれを利用してのこと。

自分は庶民で、ここでいう商会のようなところで働いていて、リオンより年上だった。その世界では自分のことを俺と呼んでいた。

　そこまで話した時、陛下が一つだけ質問をしてきた。

「前の世界で、自分を『俺』以外では呼ばなかったのかい？」

「え？　いいえ」

「『私』と呼ぶこともあった？」

「はい」

「なのに今、『俺』と呼ぶのは何故かな？　リオンの記憶もぼんやりとであっても残っている。出仕するにあたって侯爵家で貴族としての嗜みは学んだはずだ。君は私にちゃんとした言葉で対応している。それなのにどうして自分のことだけ『俺』と言うんだい？　それは前世では粗野な呼称ではなかったのかな？」

　言われて、初めて俺はそのことに気づいた。『俺』が粗野な呼称であることは、アリシアにも指摘されていた。けれど彼女が許してくれたから、まあいいかと思っていた。

　記憶喪失なんだから、許されるだろうという甘えもあった。

「私はね、君の荒唐無稽《こうとうむけい》な話を信じるよ」

「陛下？」

「君が自分のことを『俺』と呼ぶのが不思議だという者がいた。今の話を聞いて、私は君が自分はリオンとは違うという意思表示をしているのだと思う。リオンなら、私の前で自分を

『俺』などとは言わないだろう。それは貴族として絶対の理《ことわり》だ。それなら君はリオンではないと思う。周囲の人がどんなに親切に接してくれても、自分はリオンではなく、別の人間なんだと主張しているんだと思う。君の以前の名前は何と言うんだい？」

「……大志です。タイシ・エビサワ」

「そうか、タイシか。では私は君がタイシであることを知っておいてあげよう」

言われて、何故か涙が零《こぼ》れた。

そうだったのかもしれない。結構いい暮らしもできるし、家族も優しいし、リオンも悪いヤツではなかった。仕事も忙しくて、考えないようにしていたけれど、俺は自分の意識が海老沢大志なのに、それを認めてもらえないことが寂しかったのかも。

植え込みが、ガサッと鳴ったので意識を戻し、慌てて服の袖で涙を拭う。

「ハリネズミがいるんだ、この庭には」

俺の涙には触れず、物音に話題を向けてくれたことに感謝する。

「……見てみたいです。可愛いでしょうね」

「うん、可愛いよ。臆病で、健気だ」

「へえ」

俺はしっかりと涙を拭ってから、また陛下を見た。アリシアが惚れるのもわかる。この人は、ただ王家に生まれたからではなく、真実『王』の器なのだ。

だから、オリハルトも兄を王にしておきたいのだろう。

その後、陛下は俺に前世の話をもっと聞きたいと言うので、お茶を飲みながら少し話した。

陛下は面白そうに聞いてくれたので、つい話し込んでしまった。特にこの世界にあれば便利だろうと思う物について。

気が付くと、用意されていたお茶もお菓子もなくなるほどに。

「ああ、いけない。リオンの話が面白くて随分と時間が経ってしまったね。残念だが続きはまたにしよう」

「はい」

「君の話は弟にもしておくよ。よければ今言っていた色々なアイデアについてオリハルトに話しておいてくれ」

「……オリハルト様にですか？」

「幾つか採用したい話があったからね。もちろん、発案者は君ということにする。君は前世のことをあまり他人に知られたくないのだろう？　オリハルトなら私から口止めができる」

陛下は信じてくれたけれど、他の人間はきっと俺の頭がおかしくなったと思うだろう。そうなると、クレアージュ家に迷惑がかかってしまう。

「わかりました。ご命令でしたら」

「ああ、悪いことをしたら罰を与えていいという許可をあげよう。私もアリシア嬢に嫌われたくないからね」

「ありがとうございます」

俺は丁寧に礼を言って、席を立った。

とても有意義な時間だったと浮足立っていたからか、俺が席を離れた後にアーディオン陛下が呟いた言葉を聞くことはなかった。

「聞いたかい、ハリネズミ。彼はアリシア嬢に苛《いじ》められてはいないそうだよ」

そして植え込みから出てきた『ハリネズミ』の姿も見ることはなかった。

「話が長いですよ、兄上……」


職場に戻っても、陛下に呼ばれたことを色々言われることはなかった。

陛下の婚約者の弟だということは知れ渡っていたから、当然のことだと思われたのだろう。

お茶とお菓子を食べたので空腹は覚えず、昼食は軽目に済ませて、また騎士団の練習場に顔を出した。

俺が倒れたのを見ていた人達に、一応無事な姿を見せた方がいいと思って。

思った通り、俺が顔を出すとトーマを始めとした数人に囲まれ、無事を確認された。

午後になったらオリハルトが現れるだろうと身構えていたのだが、その日彼は姿を見せなかったので、いつも通り仕事を終え、家に戻った。

家に戻ると、執事のロンダンが、俺に招待状を差し出した。

「俺に？」

「はい」

「あまりパーティには出たくないんですけど」

「王室主催のパーティです。欠席は無理でございましょう」

王室か。

あの陛下の主催なら、出てもいいかも。

「それに、当クレアージュ家にとっても大切なパーティになるかと」

「うち？」

俺は招待状を手に取り封を切った。

「これは欠席できないな……」

パーティは、陛下とアリシアの正式な婚約発表パーティと書かれている。

「婚約発表、もうしてたんじゃないの？」

「発表自体は既にされておりましたが、今回は国内の方々だけでなく外国からもお客様を迎えてアリシア様のお披露目となるようです」

「そういえば、ここ数日アリシアを見てないけど」

「ドレスのお支度で奥様とお出掛けに。夜もお支度の相談でございます。こういう時に男性は口を出さない方がよろしいかと」

最後の一言は俺に対する忠告だろう。

わかってる。女性の服選びは地雷だらけなのだ。

どっちがいい？　と訊かれて片方を選んでも、大抵は『そっち選ぶんだ』と冷たい目で見られる。

選んだ時には素直に受け入れてもらっても、それを着て結果が思った通りでないと『あんたの感性を信じて失敗したわ』と言われる。

「俺には女性のドレスはわからないや」

「だがお前にも無関係ではないぞ」

ロンダンに答えた言葉に、背後から返事が来た。

振り向くと、リカルドが立っている。

前世で兄という存在がいなかったので、ちょっと緊張する。

「リオンの見た目が整ったことは噂の的だ。きっと女性に囲まれるだろうな」

リカルドは肩をポンと叩いてきた。

「お前も、新しい礼服を作らないと」

「今あるものでも……」

「アリシアの晴れ舞台だぞ？　許されると思うか？」

「……許されないでしょうね」

「お前も仕事があるだろうが、時間を作って仕立て屋を呼びなさい」

「店に行くんじゃないんですか？」

「その方がよければ店へ出向いてもいいが。リオンは少し背も伸びてきたし、身体もしっかりしてきたからサイズが変わっただろう。どちらにしろ早めにした方がいいな」

テーラードスーツか。

前世だったら憧れの響きだが、ここではとても面倒なことになりそうだ。

考えてるのが顔に出たのか、リカルドが今度は俺の頭を撫でた。

「そういうことも思い出せないか？　ならば私と一緒に行くか？」

「いいんですか？」

「もちろんだ」

陛下の時も思ったが、兄っていいな。

女姉弟しかいなかった俺は、もしかしたら年上の男の人に弱いのかもしれない。

「そういえば、今日陛下のお茶に呼ばれたんだって？」

「はい。それで前世のことを話してしまいました」

玄関先で話をしていたのだが、ロンダンに促されて応接間に入る。

座るとすぐにメイドがワインを運んできた。

「話したのか。陛下は何と？」

「信じる、と言ってくれました。もっと話を聞きたいとも。この世界ではないことで何か参考になるかもしれないのでと」

「ふむ、そういうこともあるかもな。だが陛下はお忙しいだろう」

言われて思い出した。

「はい。ですから、聞き取りの担当者はオリハルト殿下にする、と」

「オリハルト殿下か……」

彼の性癖は周知の事実だから、リカルドも心配そうに呟いた。

「でも陛下から、悪さをしたら罰を与える許可をいただきましたので、大丈夫だと思います」

「ん？　ああ、それは心配してはいない。男性に興味のある方だが、暴力的に相手を選んだことはないからな。同じ趣味の方とどうなろうと、他人が口を出すことではない。それに、殿下がお子を作らないというのは争いが回避できるので歓迎さえできる」

てっきりそっちの話かと思ったのに。

「ではなぜ心配そうな顔をしたんですか？」

リカルドはワインを口に含み、ちょっと考えるようにグラスを揺らした。

俺も少し口を付ける。

「殿下は優秀だと思うのだが、仕事から離れてらっしゃる。はっきり言って、ふらふらと遊んでる。もう少ししっかりしていただかないと、付け入る者も多いだろう」

「ああ、わかります。扱い易いと思って近づいてくる輩《やから》がいるってことですね？」

意味が通じたことが嬉しかったのか、リカルドは微笑んだ。

「そうだ。お前の話の聞き取りをさせるのは、陛下が殿下に手柄を与えようとしているのかもしれないな。責任重大だぞ」

「俺にはできないですよ。そんな責任の伴うこと」

あんないい加減で臆病な人間の面倒なんか見られるか。

「リオン」

リカルドの声がちょっと低くなったので、背筋が伸びる。

「お前は前世のタイシという人間になったのは理解する。けれど今のお前はリオンで、これからはずっと死ぬまでリオンだ。この世界で暮らしてゆく。『前と違う』は通用しない。ここで生きてゆくための努力をしなさい」

声は穏やかだったがトーンは低いままだった。

それからにこっと笑顔を向けてくれる。

「お前は可愛い私の弟だ。困ったらいつでも助けてやるから」

兄、か。前世には味わえなかった存在にハマりそうだ。

「さ、そろそろ夕食の支度もできただろう。着替えてきなさい」

「はい」

これからはずっと死ぬまでリオン、か。

その通りだ。

もう俺は『海老沢大志』を捨てて、『新生リオン』として生きてゆくべきかもしれない。

前世の記憶はあっても、もう前の世界には戻れないのだ。俺が付き合うべきは、今の家族や同僚や友人なのだ。

戻った部屋を眺め、その思いを強くした。

クローゼット、ビューロ、ランプに小テーブルのセット。広くて豪華なこの部屋が、『俺の部屋』なんだもんな、と。


翌日、出仕してから午後休をもらってリカルドと服を作りに行った。

婚約発表の招待状は既に配り終えているのか、同僚に陛下の義弟になるんだな、とからかわれた。もっともそれを言った同僚は、それは書類上だけで実際何かが変わるわけではない、とサルアン伯に注意されていたが。

毎日のように顔を見せていたオリハルトは、この日も姿を見せなかった。

俺の頭突きが相当こたえたのだろうか？

きっと頭突きをされたのなんて生まれて初めてだっただろう。

彼のことを考えると、心がもやもやする。

初めて会った時にはチャラい兄ちゃん的な感想しか持っていなかったのだが、今は苛立ちが先に立つ。

理由はわかっていた。

彼がサボってるからだ。

あんなに立派な兄さんがいて、王弟という立場があって、才能もありそうなのに、何もしないでいる彼が、仕事をサボってるボンボン社員のように思えてしまうからだ。

なので、彼のことを考えるのは止めた。

会ったら会った時だ。

翌日の昼休み、同僚に昼食に誘われ、彼の妹を紹介された。

こういうことは前世でもあったので、特には何も思わず相手をしていたら、妹が気に入らなかったかと訊かれてしまった。

「今は仕事優先だし、アリシアのことがあるから他家との付き合いは考慮しろと言われてるんだ」

と答えたら納得してくれた。

本当は誰にも何も言われていなかったのだけれど。

俺の結婚については、目覚めた時に両親から言われていた。侯爵家はリカルドに継がせるから、跡継ぎのことは考えなくていい。結婚したくなければずっと家にいてもいいし、結婚したいのなら預かりとなっている子爵位があるからそれを譲ろう。

お相手の家格も気にしない。もし平民を選ぶのなら、お相手にはそれなりの教育は受けてもらわなければならない。

といった感じだ。

結婚のことは、前世も含めて考えたことはなかった。

友人達に言わせると、俺は淡泊なのだそうだ。

美人の姉に囲まれていたから、審美眼が厳しいのだろうと。どちらかというと、女性に対して憧れを持てなくなってる、という方が正しいのだが。

恋は、よくわからない。

通勤電車や飲み屋で知り合うこともないし、同僚に女子もいない。ドラマやマンガで描かれるような恋は、きっとこの世界ではあり得ないだろう。

ここでの結婚は家同士の繋がりで親が決める結婚か、パーティで知り合ったり、今日のように友人の姉や妹を紹介されるぐらい。

相手をよく知ってから結婚、ってことはない。

両親の話は記憶を失った息子を気遣って心配の種を取り除いてくれただけかもしれないが、結婚はゆっくりでいいと言質《げんち》は取れてるので気楽に行こう。

今は恋愛よりも頭を占めることがある。

これから、あの難物と二人きりにならなくてはならないことを、命令されていたのだから。


「リオン、オリハルト殿下がお呼びだ」

出仕してすぐ、俺は上司に呼ばれた。

「今日から暫くオリハルト殿下の執務を手伝うようにとの陛下の命令だ」

来たか、という感じだった。

「リオンのお陰でこちらの業務はだいぶ楽になったからこちらは気にしなくていい」

という温かいんだかつれないんだかわからない言葉を受け、オリハルトの執務室に向かう。

ノックをし、「入れ」の許可を受けてから扉を開ける。

オリハルトは、正面のデスクに座って、俺を迎えた。

「よく来たね」

の言葉と共にデスクから立ち上がり、手前のテーブル席に移る。

「座りなさい」

向かい側の席を示されたので、素直にそちらに座る。

「今日は逃げられないよ？」

「仕事なら逃げられません」

いつもの軽薄な笑みで言われたので、受けて立つ。

「なんだ、わかってたのか」

「陛下から、聞いてました」

「私も、兄上から聞いている。君には前世の記憶があって、その記憶の中には我が国にとって有意義なものがあるかもしれないとね。『タイシ』」

まるで切り札のように、俺の名前を呼ぶ。

陛下から話をされたのなら知っていても当然だろうに。

「あ、もうその名前はいいんで」

「え？」

てっきり前世の名前で俺が何かの反応をすると思っていたのだろう。アテが外れたという顔をしている。

「兄のリカルドと話して、俺はこの世界でリオンとして生きていくと決めたので、過去の名前はもういいんです」

「そうか……」

何を期待してたんだか、彼は残念そうに声を落とした。

「では早速仕事の話に入りましょうか」

「その前に、リオンは私に言うことはないのか？」

「何をです？」

「君の頭突きのせいで鼻が腫れて、私は二日人前に出られなかったんだぞ」

なるほど、彼が姿を見せなかったのはそういうことか。

「あれはあなたが不埒《ふらち》なことをしたからでしょう」

「親愛の情を示しただけだろう」

「この世界でも、同性の唇にキスするのは失礼だと知ってますよ」

「唇にするとは決まってない。頬にしたかもしれない」

「あなたのそういう口先だけで何とかしようとするところが嫌いです」

ハッキリ『嫌い』と言うと、彼はムッとした顔になった。

「兄上の時とは随分態度が違うじゃないか」

「陛下は立派な方でしたし、俺に迫ったりしませんでしたからね」

「君が好きなんだからもう少し優しくして欲しいな」

「好意を向けられたからと言って優しくする理由にはなりません。それに、あなたの好きは本気じゃないでしょう？」

「本気だったら？」

「そんなわけないでしょう。信じませんよ」

「何故？」

「あなたが嘘つきだからです」

「失礼だな、私のどこが嘘つきだって言うんだ」

陛下やリカルドで年上の男性って頼れるなと実感した後だったので、余計に目の前の男の不誠実さにイラついた。

「ホトマの道路整備、グンザ鉱山の医療施設設置、サルート伯爵の不正摘発、ナード川の護岸工事に王妃殿下直属の女騎士団の設立。全てアレン・コレルア伯爵の名前で予算申請の書類が提出されていました」

先日、この部屋でアレンとの会話を耳に入れた後、過去の申請書類を引っ繰り返してチェックした。

すると有益だと思われる政策の予算申請が今言った以外にもアレン・コレルアの名前で出されていた。でも……。

「これ、あなたが考えたものですよね？」

「何でそう思う？」

「ここであなたがアレン殿にお前の名前で申請しろと命じている『夢』を見たからです」

あの時、忘れると約束したので『聞いた』とは言わない。

「あの時ちょっと聞いただけでそこまで想像できるとは、私のことを随分認めてくれているんだな」

余裕の笑みを浮かべる彼に、遠慮はいらないと確信した。

「あなたの考えてることなんてわかりますよ。子供じみてますからね。自分が優秀なところを見せたら兄さんの足を引っ張ることになる、とでも思ったんでしょう？　だからふらふらして手柄は自分の部下に押し付ける。でもそれって、本当は陛下をバカにしてるって気づいてないんですか？」

「私が兄上をバカにするわけがないだろう」

「してますよ。たかがそれくらいの手柄で陛下が足を引っ張られるって思ってるんですから。優秀な人材を管理できない王様、と見られると思ってるんです」

どうしてだろう。

俺はあっさり派のはずなのに、この人と話すと言葉が止まらなくなってしまう。

「男色家であることが本当かどうかは別にして、それをアピールするのもお兄さんのためでしょう？　有力貴族の令嬢と結婚させられて、陛下の対抗馬に祭り上げられるのが嫌だからだ。でもあの陛下なら、弟が望まない結婚を許可すると思いますか？　たかが弟が有力貴族の嫁を娶《めと》ったからって失脚すると思ってます？　あなたの中の陛下は随分と頼りない人なんですね」

「失礼だ」

怒った声を出されても気にしない。

「失礼なのはあなただ。俺はそんなこと思ってないけれど、あなたはそう思ってるから今の行動をしているんだから」

「そんなことは思っていない！」

彼ははっきりとした怒りの声を上げた。

「だったら、正々堂々と自分の考えたことを自分の名前で発表すればいいじゃないですか。どうしてしないんです？」

「それは……」

「俺が言った通りだからでしょう？」

彼の返事はなかった。

困った顔はしているが、無言のままだ。

「今のあなたの態度が、一番陛下の足を引っ張ってるって気づいてます？」

「私の態度？」

「役職にも就かず、ふらふらして、仕事と呼べることもしていない。惚れっぽい男色家で、誰にでも声をかける。そういう態度です。どうせ自分がロクデナシだと思われていれば、立派な兄の方が王様として認められるだろうとか思ってやってるんでしょうが、そのせいでこの間のナンタラ公爵みたいな人間が現れるんですよ」

「……どういうことだ」

「立派な王様だったら操れないけど、愚かな王弟だったら自分が上手く操れるかもって期待をさせてるんです。与《くみ》し易いターゲットがいるから、変な期待を抱かせる。あなたが陛下の敵を作ってるんです」

考えたこともなかったのか、彼は呆然とした顔をしていた。

「私が……、兄上の敵を作っている……？」

彼はふらふらと席を立って、俺の隣に移ってきた。

だがいつもと違って迫ってくるためではなく、もっと話を聞こうという態度に見えたので逃げることはしなかった。

一人掛けの椅子の隣に座っただけだったし。

「ああいう手合いはいつでもいる。私が作ってるわけではない」

「それでも、使える駒を見つけなければ動かないでしょう」

「むしろ私に近寄ってくれれば逆心のある者だとわかりやすいと思わないか」

「今、王族は陛下とあなたの二人だけなのでしょう？　あなたがいなければ連中も動きようがない。表立って反乱を起こしたって、陛下に非がないのだから民心が付いて行かないのはわかってる。第一、あなたは自分のところにやって来た逆臣に何をしてるんです？　取り締まったりしてるんですか？　ただ確認だけして野放し？」

「……監視は付けている」

「監視を付けて、連中が事を起こしてから動く？　その時には家臣に裏切られた王様が出来上がるわけだ」

俺の言葉はちゃんと伝わっていると思う。

だからこそ、彼は何も言わなくなってしまった。

視線を俺から外し、自分の手を見て黙ってしまう。

どうして、こんな簡単なことに気づかなかったんだ？　それほどバカじゃないだろう。それとも、もっと若い頃に考えたこのアイデアが一番いいことだと盲信していたのか？

でもそれは一時的なものでしかなく、弊害もあると気づけるはずだ。オリハルトなら。

オリハルトなら……。

俺は、この人に期待してるのか。

才能があるらしいのにサボってることに腹を立てているのは自覚していた。でもその先のことまでは考えていなかった。

できることを理由もなくやらない人間は前世でも好きではなかった。他者に迷惑をかけるだけだと何故わからないのか、一人で生きてるつもりか、と。

でもわざわざ注意などしてやらなかった。注意して改善されると思う人間にだけ、忠告はしたけれど、殆ど《ほとん》は無視した。

オリハルトに注意をするのは、彼が改善されると思っているからか？　だとしてもこんなに苛ついてしまうのは何故だろう。

どうして彼だけが特別なんだろう。

「……では、私はどうすればいいと言うんだ？」

「自分が出来ることをやればいいだけです」

「だがそれでは私が兄と競っていると思われる」

「だったら、皆が見てる前で陛下に膝を折って忠誠を誓えばいいじゃないですか」

「王族としてそんなことができるか！」

それはそうか。

仮にも彼は王弟、王族だ。人前で他者に頭を下げることにはプライドがあるのだろう。挨拶で頭を下げるのとは違う、忠誠を誓うということは、人前で『負けました』と宣言するに等しい。相手が王でも、兄でも、それを『見られる』ことが恥ずかしいのだろう。

「だったら、口で言えばいいんじゃないですか？　私は兄を王として称えてると」

「そんなことはいつも言っている」

「少しは自分で考えたらどうです」

「考えて行動してるのだ！　それにダメ出しをしてるのはお前だろう」

「俺はあなたの補佐官でも愛人でもないんですよ。それに今日は別の用件で呼ばれてるはずです。仕事の話をしないなら帰ります」

「この話題を口にしたのはリオンだ。決着をつける義務がある」

「では撤回します。今のはなかったことにしてください」

「無責任な」

「俺にあなたの責任は負えません。無関係な人間なんですから」

睨み合った視線が、ふっと寂しげに揺れる。

まるで俺が悪いことを言ったみたいな気になってしまう。

「無関係、か。……それもそうだな」

項垂《うなだ》れ、視線だけをこちらに向けて自嘲《じちょう》ぎみに笑う。

その顔は、胸に刺さった。

「失礼しました……、言い過ぎました。俺がこの国の国民である以上無関係なわけがありませんでした」

「いや、いい」

とりなしたつもりの言葉を、彼は受け流した。

それが余計に罪悪感を生む。どんな言葉が欲しかったんだと考えさせられる。

彼が立ち上がり、元の席へ戻る時には、思わず引き留める手が出そうになった。出さなかったけれど。

正面に座り直した彼は、もう寂しさも戸惑いもなかった。

「君のいうことは全て一理ある。私もよく考えよう」

拒絶された気持ちになって、不満を感じる。

「取り乱してすまなかったね。仕事の話を始めよう」

目の前で微笑む彼に、もやもやする。

さっきまでの感情的な態度が、すっぽりと隠されている笑顔。彼にはこういうことができるのだ。

どんなことがあっても、全て隠し通すことができる。

だとしたら、俺の浅薄な想像以上に、彼には今のような態度を取る理由があったのではないか？　それを知ることもなく言ってしまった今の言葉は彼を傷付けたのではないか？

「一つ、約束してください」

「ん？　何だい？」

「今から話すことで、有意義な案件があったら、予算申請の書類にあなたの名前を出してください」

「兄からは君の名を出すようにと言われているが？」

「俺だけでは予算は通らないかもしれません。それにあなたが拘わることは事実なんですから、連名にしてください」

「私と連名にすると、君に注目が集まるよ？　私と仲がいいとも思われる」

「陛下の命令だったと言えばいいだけです。それに、こうして二人で話をしていることはみんな知ってるわけですから、俺の名前だけでは俺が手柄を横取りしたように思われます。認められることから逃げないでください。……俺も一緒なんですから」

彼は何も言わず、ただ微笑《わら》った。

その顔はいつも通りだったし、不快なものではないはずなのに、俺の彼に対するもやもやは消えなかった。

「では聞き取りを始めよう」

どんなに真面目に対処してくれても。


まず俺は、ソロバンを作ることを提案した。

この世界には『計算機』がない。計算するためには筆算するしか方法がないのだ。

ソロバンは、目で見える計算方式で書き留める必要はない。計算も必要ない。珠を動かしていけば計算の結果が出る。

算数が苦手な者も、やり方さえ覚えれば桁《けた》の大きい計算ができるようになる。

たた、ソロバンを作るには多少の技術が必要だろうけれど。

次に提案したのは、鉛筆。

ここでの筆記具はペンをインクに付けて書くという昔ながらの方式だが、それでは長く書くことができない。

木炭を木で包んで折れにくくした鉛筆は、安価だし、作成も難しくはないだろう。

ついでに、紙の作り方も教えた。ここの紙がどうやって作られているのかわからないが、かなり分厚い。これなら手製の和紙の方がいいのではないかと思ったのだ。

和紙の作り方は小学生の実験でやったことがあったので。

前世で使っていたほど滑らかなものは出来なくても、これもまた安価に製造できるだろう。

更に、活版印刷も提案してみたが、これはもうあるらしい。

オリハルトは、土木工事について訊いてきた。

彼にとっては小さな発明より民の生活の方が優先なのだろう。

そういうところが為政者っぽい。

崖崩れの多い場所にネットをかけたり、砂防ダムを作ったりしてはどうかというと、眼を輝かせて詳しく訊いてきた。

話をしている間、ずっと俺は考えていた。

どうしてこんなにオリハルトのことが気になるのか、と。

真面目にやれば出来る人間が不真面目なことに腹が立つのだと思っていたが、それでこんなに怒るほど自分は熱血漢ではない。

それに、陰ではあるが、一応は働いているみたいじゃないか。

彼が好きだから？

いや、ないな。彼にキスされそうになった時、本気で逃げたんだから。まあ、かっこいいとは認めるけど。

好感は……、持っている。

今迄の言動を考えても、彼の本質は優しい人なのだと思う。

俺がアリシアに悪し様に言われていることを不快に思ったり、怪我をさせたら本気で心配してくれたのだから。

ではどうしてだろう？

「友人から聞いたんですけど、以前騎士団に入ってたそうですね」

話し続けて喉が渇いただろうと、お茶を頼んでくれた休憩時間。

俺は何げなく聞いてみた。

「昔の話だ」

他に適当な話題が浮かばなかったというのもある。

「もう戻らないんですか？　陛下の補佐に付くために辞められたのなら、何もしてない今、騎士団に入ればいいのに」

「リオンは騎士が好きなのかい？」

「かっこいいと思います」

「私が騎士団に戻ったら付き合ってくれる？」

またくだらないことを、と顔を顰めると、返事をする前に彼が続けた。

「でも残念ながら戻れないな」

「どうしてです？　剣の腕前も立派だと聞いてますが」

「私は怪我をするわけにはいかないからね。少なくとも、アリシア殿がお子を産むまで」

「姉が？　何故？」

彼は俺を見てやれやれという顔をした。

「私がスペアだからだよ。兄上に何かあったら、私が王にならなければならない。危険なことはしてはならないんだ」

あ……、そうか。王族は今この兄弟だけ。万が一兄である陛下が亡くなったら、オリハルトが跡を継がなければ王家は絶えてしまうんだ。

「他に王家の血を引く方はいらっしゃらないんですか？」

「いないことはないが、王位継承権を主張できるほど近い者はいないな。私達が生まれるずっと前に流行病があってね、直系の王族はとても少なくなってしまった。父にも兄と妹がいたが、子供の頃に亡くなられた。アリシア殿が多産だといいねぇ」

最後の一言はからかうように言ったけれど、俺は笑えなかった。

オリハルトは、王弟という立場にあぐらをかいてと思っていたが、一方で王弟という立場に縛られていることに気づいたから。

『気になってるのは、どうして手柄を自慢しないのかということだ。誰かに押さえ付けられてるのじゃないか？』

『そう言わざるを得ないように命じられた、ということは？』

以前、彼が俺に向けて言った言葉を思い出す。

あの時は、俺がアリシアに苛められてると思ったからの言葉だと思っていたが、もしかして彼の体験談だったのだろうか。

今でこそ、陛下もオリハルトも立派な大人だけれど、陛下が王位を継いだ時、二人はまだ若かった。

彼等を取り巻く家臣達は、すぐに彼等を王と王弟と認めただろうか？

「あなたに、手柄を立てるなと言った人は誰なんです？」

俺の質問に、彼は一瞬返事を遅らせた。

「兄より目立つな、と言った人がいたでしょう」

確信を持っているように言ったが、彼は反応しなかった。隠すのが上手い人だ、俺の言葉ぐらいじゃ本音は見せないだろう。

「そんなこと言われてないよ。面倒だから隠れてるだけさ」

兄と弟。派閥はその頃既にあったのだろうか？

もしあったとしたら、兄を推す誰かが、彼に『兄のために目立つな』と言ったのではないだろうか？

「そうですか。もしそんな人がいたなら、戦えって言うところでした」

「戦う？」

「人生を楽しく生きるために面倒に耐えるのは必要なことだと思います。けれど窮屈を感じるなら、面倒な人間とは戦ってしまった方がいい。あなたは王弟殿下で、お兄さん以外には権力を行使できるんでしょう？」

「……リオンは、時々驚くようなことを口にするね。波風を立ててもいいことなどないよ？」

「自分が生きたいように生きるためには、他人のことばかり考えてられませんよ」

多分、メンタルでは彼より俺の方が強いんだろう。

何せ、高校受験に大学受験、就職と何度も戦ってきた。こんな性格だから、嫌われる人間には嫌われた。

でも彼は、大切にされ、保護され、重責は担っても争ったり諍《いさか》ったりしたことはないのではないだろうか？

「あなたは物事気にし過ぎです。やりたいようにやった方がいいですよ。芝居じゃなく、本気で。波風なんか、立ってから収める方法を考えればいい。波風立つかもと思って動かないのはもったいないです」

もったいない。

これか、俺のもやもやや苛立ちの原因は。

気遣ったり、萎縮したり、波風立たないようにしたりして、本当の自分を出せないことがもったいなくてイライラしてたのか。

サボってるんじゃないと、遊んでるだけじゃないとわかった時から、『もったいない、どうして本気を出さないんだ』と思ってたんだ。

そして本気を出せなくしてる彼の周囲の環境にもやもやしてたんだ。

理不尽な押さえ付けも、それに抵抗しない人間も気に入らない性格だから。

「戦って、かっこいいとこ見せてくださいよ」

「戦う、か」

「言っておきますけど、戦う相手は陛下じゃありませんからね。お兄さんとあなたのことに口を出してくる有象無象《うぞうむぞう》です。あなたのやりたいことに、文句を言う人と忠告を言う人を見極めて、文句を言う人と戦って黙らせろってことです」

「私にそんなふうに言ってきた人間は初めてだ。リオンは、いや、『タイシ』はずっと私を王弟ではなくただの男として見てるんだな」

「俺の前世の世界は王政じゃありませんでしたからね。そんなの関係ないんです」

「そうか」

彼は少し嬉しそうに微笑んだ。

「リオン、明日からはここではなく別室を用意するからそちらに来なさい」

折角ちょっと見直したのに、またそれか。

「殿下の私室でしたらご遠慮いたします」

「私室ではないよ。このテーブルは低過ぎる。ちゃんとした仕事ができる部屋へ移動しようと言うんだ。途中で他人に見られたり聞かれたりするのも困る内容だしね」

なるほど、それはそうだ。

「どちらへ向かえば？」

「書庫の並びにある閲覧室にしよう。あそこならば個室だし、参考資料が必要になればすぐ書庫に行ける。揃えておいて欲しいものは何かあるか？」

「紙とペンぐらいです」

「わかった。それも用意しておこう。では明日は閲覧室の一号室で」

「了解しました」

「今日はここまでにしておこう。聞いたものを精査したいしね」

「はい」

丁度お茶も飲み終えたので、俺は席を立った。

彼も見送るつもりなのか一緒に立ち上がる。

いかがわしい雰囲気はなかったので、付いて来る彼を無視していたら、扉の前で突然壁ドンされてしまった。

「殿下？」

振り向いて睨みつけると、目の前に真顔の彼の顔があった。

「リオン、どうやら私は君に本気になりそうだ」

「……俺は別に」

「今はそれでもいい。だが覚えておいてくれ」

それだけ言うと、彼は俺から離れて自ら扉を開けてくれた。

「では、また明日」

「……失礼します」

彼の横を擦《す》り抜け、俺は部屋を後にした。

何が本気だ。

そんな言葉、真面目に受け取るわけがないだろうと思いながら……。


王室の書庫は巨大で、一角には閲覧用の席が設けてあるが、それとは別に個室の閲覧室が用意されている。

書庫から持ってきた本を置いておくための空の本棚と、読み書きのしやすい高くて広いテーブル、簡素なひじ掛けのない椅子だけがある部屋だ。

俺になってからは来たことはないが、室内に入った途端、何となく見覚えがある気がしたのでリオンは来たことがあるのだろう。

経理での始業時間に合わせてやってきたのだが、オリハルトは既に部屋で待っていた。

テーブルの上には積み上げられた書類。

「遅れまして」

時間の約束はしていなかったし、業務の始業時間に照らしても遅れてはいないと思うのだが、思わず謝罪する。

だって、彼が書き物をしている途中だったから。たった今来たのではない、もう随分前から来ていたのだ。

「いや、遅れてはいない。座りなさい」

彼が示したのは向かいではなく彼の隣の椅子だった。それを無視して向かい側に回ろうとすると、止められた。

「こちら側に来なさい。書類が見にくい」

「変なことはしないでしょうね？」

「仕事中はしない。公私のけじめを付けない者は嫌いなのだろう？　私は君に嫌われたくないからね」

取り敢えずここは信じて彼の隣に座る。すると、一束の書類を渡された。

「リオンの言っていたことを、取り敢えず書面に纏めてみたからチェックしてくれ。君の意図していたことと齟齬はないか？」

「これはあなたが？」

「当然だ。今のところこの件については私と君しか担当者はいないのだから」

「……拝見します」

書類は、事業計画として纏められたものだった。

たとえば、崖の崩落での被害の状況とその対応策としてのネットの設置の進言。ネットの製造方法とその材質による材料費の変化。前例がないため、実地実験が必要であるともあり実験の計画と候補地まで書かれている。

昨日別れてからこれを作成したのか。

「よくできてると思います」

「何か不備は？」

「俺では考えつきませんが、専門家の意見を取り入れるといいと思います。建築家とか、土木技師とか。例年の降雨量の記録があればそれを添付したり、崖の状況を写真……、じゃない、絵で描いておくとかも有効かも」

「なるほど」

俺の言葉を、その場で書き付ける。

「ああねソロバンについてだが、形状がわからないので、できればリオンに絵にしてもらいたいんだけど」

「絵ですか？　……俺、絵はヘタなんですけど」

「大体がわかればいいよ。後は別の人間に清書させよう。それと、材質は木だと言ってたから、木工細工の職人に担当させようと思うんだが」

「はい、いいと思います」

何コレ。

昨日までのグータラ社員が今日からエリートになったみたいな変わりっぷりじゃないか。

「字、綺麗ですね」

「ん？　それはね。公文書とか書かされることもあるし」

彼の基本スペックが高そうだとは気づいていた。でも実際高いのだと見せつけられると、ちょっとトキメいてしまう。

俺はデキる人間に弱いのだ。

「絵もまあまあだよ。リオンが絵に自信がないなら、隣で指示してくれれば私が描いてもいいけど？」

「その方がいい気がします」

彼は新しい紙を取ってペンを握った。

「で？　珠って言うのは丸いのか？」

「いえ、指が引っ掛かりやすいように円錐《えんすい》を二つ合わせたような感じになってます」

「こうか？」

「もっと平べったいです」

「こんな感じか」

俺の言葉を受けて、さらさらとペンを走らせる。一度説明はしてあったので、大きく間違えることなく絵を描いてゆく。

真面目に紙に向かってる横顔は、とても綺麗だった。

男に綺麗というのはおかしいのかもしれないが、欠けるところも余分なところもなく整っていて本当に綺麗だと思ったのだ。

肌だって白くて、睫毛も長いし、姉貴達が見たら美容法を知りたいと騒いだだろう。

初めて見た時からずっと、顔はいいと思ったいた。紫の瞳が、アメジストみたいでキラキラしている。

「こんな感じか」

ふいにこちらを向かれて、ドキッとする。

「ああ、上手いですね。字も、絵も上手いって羨ましい」

「初めてリオンに褒められたな」

そんなに嬉しそうな顔しなくても。

「剣の腕だって褒めたじゃないですか」

「私が剣を使ったところを見ていないのに？」

「ちょっと合わせただけでもわかりましたよ。トーマから騎士だったたって聞いてますし」

「トーマか。彼とは親しいんだな」

「幼なじみだそうですし。あの怪我の時も、心配して家に来てくれましたし」

彼の手が伸びて、俺の髪を上げてこめかみに触れる。

「痕が残らなくてよかった。本当にすまなかった」

「男ですから、気にしません。それより、話の続きをしましょう」

すいっと身体を引くと、残念そうな顔をする。

「昨日は何を話したらいいか悩んでるようだったから、聞きたいことを書き留めて来たんだ。これ等についてわかることがあったら教えて欲しい」

「昨日も言いましたけど、俺は専門家じゃないですよ」

「だが私達の知らないことを知ってる。ただ話をしてくれるだけでいいんだ。その理屈は一緒に考えてみればいい。特に知りたいのは、農業に関してだな。それから、工業加工品についても何かあれば」

「工業加工品って、幅が広過ぎます。農業は全然わかんないですし」

「じゃ、雑談から始めよう。詳しく聞きたいことは質問する」

「わかりました」

オリハルトは、聞き上手なのだと思う。

興味を持ってこちらの言うことを聞いてくれる。

いつものような変な茶々を入れてくることもなければ、真っすぐに相手の目を見ながら、頷きと適度な質問を挟んで来る。

「衛生面を考えると、上下水道の完備は大切だと思います」

「上下水道？」

「前の世界では下水は地下を通して流して、処理場で汚水を濾過してから川に流してました。ただ川に流すだけだと臭いも酷いし、病気も出ます。上水というのは飲み水のことですね」

「井戸ではいけないのか」

「井戸だとわざわざ汲みに行かないといけないでしょう？　綺麗な川の水をパイプを通して各家庭に流すんです」

「パイプか。随分な工事になるな。予算は出ないだろうな」

「税収が増えない限り、何かを削って回すようになるでしょうね」

「税収を上げる方法を考えつくか？」

「特産品とか、薬とか、さっき言ってた工芸品ですかね。塩を専売にするという手もありますけど」

「他国から安いものが入って来たらおしまいだろう」

「そうか、俺の住んでたところは島国で閉じていたからできたのか」

江戸から明治にかけてぐらいの知識が有効なのかな。

「ショックアブソーバーって知ってます？」

「いや、知らないな」

「ええと、車の揺れを軽減させるものなんですけど、ここだと馬車に取り付けるものかな。バネを車輪と乗り駕籠《かご》の間に入れるんです。あと、車軸を別々にするという方法もあったはず」

肩を並べ、拙い絵で説明しながら彼と続ける会話は、楽しかった。

何かを築いているという実感が持てたし、自分が役に立っているという充足感も得られた。

初めて経理に行って、帳簿の付け方を教えた時と同じ手応えだ。

いや、あの時は一方的にやり方を教えるだけだったけれど、オリハルトは更に深く掘り下げて来るのでディスカッションができる。

「バネは余程強固なものにしないと、簡単に折れてしまうんじゃないか？」

「合金にすれば」

「合金？」

「違う金属を混ぜ合わせて作る金属です。ただそれには高温の炉が必要ですけど」

「炉の造り方は知ってるか？」

「はっきりとは……。ただこんな形でしたね。空気を送り込んで温度を上げるんだったかな」

「これは専門職と相談の案件だな」

わからないことは別紙に書き記す。

気が付けば午後も随分と回っていて、俺の腹が鳴った。

「……すいません」

「私も空腹だ。ここには鍵をかけて一緒に食堂へ行こうか」

「はい」

くだらない冗談を言わなければ、変に迫ってきたりしなければ、彼と過ごす時間は楽しいものだと認めざるを得ない。

「王族が食堂でいいんですか？」

「広いテーブルで給仕に囲まれて一人で食べるよりずっといいね」

……目の保養にもなることも、認めておこう。


その日から三日間、毎日オリハルトと過ごした。

どこかで聞き付けたアリシアに心配はされたが、それが陛下の命令であることと、意外と真面目に仕事してると伝えると、不承不承《ふしょうぶしょう》認めてくれた。

というか、自分の婚約発表のパーティの準備で忙しくて、頭がいっぱいといったところだろう。

何せパーティが終わったら彼女は城に移るらしいので、荷物を運び入れる準備もあるのだ。

家具などは向こうに用意されているが、身の回りの品は持ってゆくことになるので、全てを新しく誂《あつら》えているのだ。

もちろん、俺とリカルドは一切口出しはしなかった。

「女性のことは女性に任せよう」

女性達が忙しく出入りする姿を見てポツリと言う兄の言葉に同感だった。

それに今の自分には他に考えるべきことがある。

オリハルトとの会話を進めていくうちに、俺がいかにこの世界のことを知らないかを思い知らされたのだ。

前世の人格だからというだけではない、リオンの記憶としても欠けているところが沢山あるのだ。侯爵家の次男なのだから世間知らずでも仕方がないといえば仕方ないが、市民の生活水準も知らない。一般の技術水準もわからない。

地方の情勢もわからなければ、色んなものの相場もわからない。

悔しいことに、王族であるオリハルトは知っているのだ。

彼は、そんなことも知らないのかとは言わないが、わからないでいる俺に答えをくれるのだから知識はあるのだろう。

リオンは内向的だったから、あまり外に出なかったのだろう。ぼんやりと思い出すのは、本屋と文房具屋ぐらいで、他の店は思い出せない。

オリハルトによると、下町の方では店を構えることなく露店が多いらしいが、足を踏み入れた記憶はない。

なので、彼との話し合いを終えた後、家へ戻ると使用人達に『仕事で知る必要があるから』と前置きして街の様子を勉強した。

仕事と言わないと、執事のロンダンから使用人のことにあまり興味を持たないように、と注意されてしまうからだ。

この三日、オリハルトはとても真面目だった。

色々言った俺の言葉が彼の何かを刺激したのかもしれないし、兄からの命令には忠実なのかもしれない。陛下とアリシアの婚約パーティの前だからおとなしくしているのかもしれない。

いずれにしても、彼は真剣に仕事に取り組んでいた。

いいことなのだけれど、だんだんと彼を見る目が変わってしまう。

きちんと仕事をする、王弟なのに偉ぶったところのない美形になってしまう。

それは何かマズイ気がした。

もう口説かれていないのだからそれでもいいのだけれど、彼がゲイかどうかの真偽がまだわからない以上警戒しておいた方がいい気がする。

アレンはビジネス愛人のようだが、噂ではそれ以外にも何人か付き合ってる者がいるらしい。

それ等が全員ビジネスなのかそれとも本当の愛人なのかわからないではないか。

もし本当の愛人だったら、面倒事に巻き込まれるのはごめんだ。

好意までは持ってもいいけれど、それ以上にはならないようにしないと。

四日目の朝、そんなことを考えながら出仕すると、入り口のホールで偶然オリハルトと出会ってしまった。

偶然、と言い切れたのは、彼が別の男性と連れ立って歩いていたからだ。質実剛健という感じの、これまた整った顔立ちの男性と。

彼もまた愛人なのだろうか？

「やあ、リオン」

俺に気づいて、オリハルトが手を挙げる。

「ラトニア、ちょっと待ってくれ」

「今日は逃がしませんよ」

「今一緒に仕事をしているクレアージュ侯の次男のリオンだ。少し遅れると伝えなければならない」

ラトニアと呼ばれた男は騎士服を着ていた。

騎士のラトニア……、どこかで聞いたことがあったような。

そうだ、以前アリシアから聞いた、浮いた噂一つなかったのにいつの間にかべったりになってしまったという人物だ。

ラトニアは俺をじっと見つめて来た。

ガンつけられてる？

「急ぎの仕事かね？」

「え？　いや、それほどでも」

「では今日は殿下の時間を少し私に譲ってくれ。任務から戻ってきたばかりなのだからお相手して欲しくてね」

お相手……。直接的だな。

「はあ、殿下がよろしければ俺に文句を言う権利はないので」

「そうか。では譲っていただく。待っているのが暇なら、君も一緒に来てもいいぞ」

アレンの時はお芝居だったけれど、この人は自分らか言い出してるし、しっかりオリハルトの襟を掴んで『逃がさない』感満載だから、マジで３Ｐのお誘いなんだろうか。

剣？

「リオンは剣はだめだよ。私が一度怪我をさせている。彼は文官なんだ」

「そうですか。では見学でもするといい。さ、時間がない、行きましょう殿下」

「はい、はい。だが襟は離せ、お前が不敬を問われる」

そっちの話ではないのなら、俄然《がぜん》興味が湧いてきて、俺は引き立てられてゆくオリハルトに付いて行った。

どうせ閲覧室へ行っても、一人ではすることもない。

ラトニアはオリハルトより年下のようなのに、遠慮がない。

オリハルトが、もう逃げないからと言っても腕を組んで歩き続けている。

アレンの時は、それでも一歩引いたようなものを感じていたが、彼には自分は対等でいいのだというような雰囲気が漂っている。

それが何となく気に入らない。

他者の目もあるのだから、ちゃんとした態度を取るべきではないだろうか。

彼等の目的地は、やはり訓練場だった。

騎士達はオリハルトが現れたというより、ラトニアの姿を見て色めき立った。

「お戻りになったのですか？」

騎士の一人が近づいて礼を取る。

「先ほどな。王弟殿下が遊んでくださるというからお付き合いだ。奥は空いているか？」

「ラトニア、そこでいい」

「お珍しい。よろしいのですか？」

「たまにはいいところを見せてみたい」

ラトニアに答えるオリハルトはチラッと俺を見た。

「リオン、上着を持っていてくれ」

そう言うと、彼は丈の長い上着を脱いで俺に差し出した。

受け取ると、「真面目にやるよ」と笑って囁く。

「誰か、模擬剣を貸してくれ」

ラトニアの言葉に、何人かの騎士がこぞって剣を持って二人に差し出す。

「お前凄いな」

上着を持った俺に、トーマが声をかけた。

「ラトニア様とも知り合いなのか？」

「いや、初めて会った。殿下と一緒にいるところを見かけたら、見に来いって言われただけ。

ラトニア様って有名なの？」

俺の質問に、トーマはちょっと驚き、すぐに納得した顔をした。

知らないのか？　という疑問と共に、俺が記憶喪失だと思い出したのだろう。すぐに説明してくれた。

「ラトニア様は俺達より二つ上の騎士だ。だが剣の腕はトップクラスで、入団してすぐに第一騎士団に配属された。通常は一年ほど訓練生になるんだけどな。今回も辺境警備の応援で出動してたけど、帰ってきたんだな」

友人の目が、憧れの目になっている。

騎士団では、剣の腕があるということが尊敬に値するんだろう。

「オリハルト様も強いんだろう？」

「元騎士だからな。俺が入団した時にはもう辞めてたし、剣技会にも出ないけど、隊長達は一目置いてる。俺が前に見た時には、第三騎士団の副長と同等でやり合ってたな」

その第三騎士団の副長というのがどれくらいの腕前かはわからないが、副長というからには強いのだろう。

「実力をこの目で確かめられる。前もラトニア様といらした時はあったけど、奥の練習場でやってたから見られなかったんだ」

俺とやった時とは違い、二人は向かい合って剣を胸に掲げる騎士の礼を取ってから構えた。

年上の騎士（多分団長クラスだろう）が、「始め」の合図をすると同時に二人が動く。

剣を身体に引き付けて上段に構え、互いに隙を窺いながら間合いを計る。

ラトニアが、半歩前に出た次の瞬間、二人の剣が振り下ろされた。

鉄剣が重さはこの間自分で持ってわかっていた。あの重たい剣を、物凄い早さで打ち合っている。

金属同士が当たる音が響き、打ち合ったところに火花も見える気がした。

何度か打ち合った後にお互い後ろへ飛び、また間合いを計る。

隣にいるトーマだけでなく、そこで見ている者は皆固唾《かたず》を呑んでその様子を見ていた。

俺には剣の腕の善し悪しはわからない。だが打ち合いの早さだけでも彼等が凄いのだという ことだけはわかった。

俺も男の子なので、『戦う男』に憧れはある。自分に出来ないことをする人に無条件で尊敬を向けてしまう。

なので、気が付けば自分も周囲の人間と同じようにじっと彼等を見つめていた。

ラトニアの剣が振り下ろされる。

オリハルトがそれを受け、身体ごと押し返す。

今度はオリハルトが相手の剣を弾かんとするほど強い横なぎを入れる。

ラトニアは少し顔を顰めながらも、それを真っ向から受け止めた。

凄い、凄い、凄い。

「カッコイイ……」

自分の心の声が言葉になってしまったかと思ったが、その一言はトーマだった。

「格好いいな、オリハルト様」

「……うん」

友人の言葉に素直に同意した。

「使い手だとは聞いてたけど、あんなに凄いとは。ラトニア様が押されてるみたいだ」

「剣を落としたら負けなんだっけ？」

「いや、あれはお前用のアドバイスだ。あの二人ならどちらかが一撃食らうまでやるかも」

「鉄剣じゃ怪我するだろ」

「練習だからルーファス団長が止めると思うけど」

審判役を務めているのはルーファス団長という人か。

だが、その団長に二人を止める気配はない。

まさか、団長も二人の剣技に魅入ってるんじゃないだろうな。オリハルトは王弟、怪我なんかさせたら相手の騎士も咎《とが》めを受けるんじゃないのか？

それとも、オリハルトは怪我をしないと思ってる？　彼が勝つと？

ハラハラしながら見ていると、オリハルトは上段から振り下ろした剣をラトニアの剣の根元に当てた。そのまま刃先を返さず今度は下から相手の剣先を跳ね上げる。

ラトニアは剣を握り続けることができず、剣を飛ばした。

「上手い！」

何が上手いんだかイマイチわからない俺は、声を上げたトーマの袖を引いて説明を求めた。

「どういうことだ？」

「根元を強く叩かれると手首が下向きになる。間髪《かんはつ》を容《い》れず先を弾かれると、握りに隙間ができて握り切れなくなって剣が飛ぶんだ。だが余程早くやらないとラトニア様も手練《てだ》れだから力を入れ直されて弾くなんてできない」

「よくわかんないけど、オリハルト様のが強いってことか？」

「剣が早いってことだよ」

オリハルトは剣を地面に突き立て、ラトニアと握手をしていた。

「やはり早いですね」

「早いだけだ。ラトニアのは重い。長くやるとこっちが疲れてしまう」

「じゃ、次は疲れるまでやらせてくださいよ」

「負けるとわかっててやりたくないなあ。かっこいいところで終わりにさせてくれ」

オリハルトは俺のところに来ると、手を差し出した。

「上着を」

言われて、俺は預かっていた上着を握り締めていたことに気づいた。慌てて広げ彼に渡す。

「どう？　かっこよかった？」

「凄く！」

素直な返事に彼は驚いたようだが、隠すつもりはなかった。

「それはやった甲斐のある言葉だな。じゃ、仕事に戻ろうか」

「殿下！　もう一勝負しましょうよ」

「君はもう終わり。身体を休めるのも仕事だろう」

「疲れてませんから休む必要なんかありません」

「私は疲れた。さ、行こうリオン」

彼が俺の肩を抱いて歩き出す。

「どうしてやらないんです？　トーマも凄いって褒めてましたよ？」

「騎士団に入る予定はないからね。私の剣はイザという時に兄を守るか、自分が逃げるためのもの程度でいい」

「でもどこかで訓練はしてるんでしょう？　何もしてなかったらあんなに強いわけがない」

「強いということは知られない方がいい。何かあった時に相手に油断させられるからね」

そういうものか。

「でも今ので噂になりますよ」

「ルーファス殿が口止めするさ」

さっきの審判の団長か。

「口止めさせるくらいなのに、どうしてみんなの前でやったんです？」

「リオンに見せてかっこいいって言われたかったからさ」

本気かどうかはわからないけれど、だとしたら目的達成だ。俺は心からかっこいいと感動してしまったのだから。

自分も剣を習おうかとさえ思っている。

「……俺が剣を習いたいと言ったら、教えてくれます？」

「剣をやりたいのか？」

「だって、かっこよかったし」

「リオンはもう少し体力を付けてからだな」

意外だな。てっきり親しくなるきっかけにしようと、二つ返事で教えてくれるかと思ったのに。こういうところは真面目なのか、それだけ剣を扱うということは危険なのか。

「前の世界では結構体力あったんだけどな……」

ボソリと呟くと、彼は俺の手首を取った。

「それは忘れた方がいいな。こんなに細い手首で鉄剣を握ったら、すぐに痛める」

確かに、掴まれた手首は白く、血管も透けて見えた。

「簡単に襲える」

物騒なことを言いながらも、すぐに手は離してくれた。

さっきの剣の扱いもそうだけれど、腕を掴まれた時振り払うことができなかった。オリハルトは見かけによらず力があるのだということは覚えておこう。

そのままいつもの閲覧室に行き、カギを開けて中に入って仕事を始める。

「この間言っていたソロバンを作ってもいいという木工師を見つけたよ。試しに作らせてみようと思うんだ。試作品が出来てから議会に提出した方がわかりやすいからね」

彼は、いつもと変わらなかった。さっきの剣の腕前を自慢することもない。

真面目にやっていながらやってますアピールしない人間は好きなので、好感度が上がってしまう。

いやだな。彼が好みの相手になってきてしまう。

男女の性別は気にしない方だった。

特に女性が好きだと意識しなかったし、男同士で遊ぶ方が気が楽だったので、恋愛はどっちでも好きになった人としようと思っていた。

だから彼を好きになってもダメとは言わないが、好きにはなりたくない。

外見は綺麗だし、剣を扱う姿はかっこいいし、仕事もデキる。ここまでは好きになってもいいかもしれない。

けれど、これまでの軟派な態度や遊んでるという噂や愛人の有無という疑問もある。自分の実力を隠して兄を立ててるつもりになってるところも嫌だ。

自分が矢面に立つのを避けてるだけではないか。

陛下の側にいて、兄と争うつもりかと言われるのが嫌だから、遊び人のフリをして問題から逃げているだけだ。

卑怯とまでは言わないが、そういう臆病なところは認められない。

まだ若い頃に王位を争うつもりがないならおとなしくしていろと言われたのかもしれない。

本人は認めないけれど、弟だということで悪く言われることに反応するのはそういうことだったのではないかと想像する。

だとしても、今はもう立派な大人だ。立ち向かえばいい。

彼には、戦う力があるはずなのだから。

「リオン？」

その名で呼ばれることにすっかり慣れていたが、顔を覗き込むように近づかれることにはまだ慣れていないので、考え事をしていた視界にいきなり美形の顔が飛び込んできて身体を引いてしまった。

「な、何です？」

「この秘密会議は今日で一旦休みにしようと言ったんだが、聞いてなかった？」

「すみません、聞いてませんでした。考え事してて」

「正直だね」

失笑されて恐縮する。相手が誰であっても、仕事の話をしている時に他のことを考えて話を聞いていなかったことは失礼だ。真面目にやれと怒った相手が真面目にしているのに、怒った方がこれでは。

「まだ四日しかやってないのに、どうして休みにするんですか？」

ごまかす訳ではないけれど、まだ話は途中で、煮詰めなければならないことも言ってないこともあるのに。

「婚約発表のパーティの準備があるだろう？」

「でもパーティまでまだ三日もあるし、男性はそんなに準備することなんてないでしょう？」

オリハルトは何を言っているのかという顔をした。

「忘れているのかもしれないが、これでも私は王弟なので、来賓を迎える準備もあればパーティの式次第のチェックもある。まあまあ忙しいのだよ」

忘れてなどいない。ただパーティというものに慣れていないだけだ。けれど考えてみれば王室主催の大規模パーティとなれば準備は必要だろう。

主賓の陛下より弟のオリハルトの方が忙しいというのも当然かも。

「で、君は誰と出席するんだい？　婚約者はいないはずだけど」

「婚約なんかしてませんよ。まだ若輩《じゃくはい》ですし、リオンは内向的だったみたいですから」

返事を聞いて彼が額に手を当てる。ワザとらしい『おお……』という嘆きのポーズだな。

「パーティにはパートナーと出席するものだ。今迄ならアリシア殿が務めていたのだろうが、今回は無理だ。彼女は前日からご両親と共に城に泊まるだろうしね。かと言って婚約者殿の実弟が欠席は許されない。どうする？」

パートナー……。考えたこともなかったけど、指摘されて思い出した。リオンはパーティが苦手で、どうしても行かなければならない時はアリシアに頼んでいたと。

「この間友人の妹を紹介してもらったので、頼んでみます」

「その子が好き？　付き合う？」

何言い出してるんだ、この人は。……だがこれも思い出した。縁故ではない女性をパートナーに誘うというのはそういうことだ。

「オリハルト様は誰と行くんです？」

「私はパートナーはいない」

「王弟なのに？」

「王弟だから。そこらの女性を誘うわけにはいかないからね。私のことは有名だし、男性でも連れて歩くよ。何なら、その相手になるかい？」

「遠慮します」

にしても、パートナーか。

俺は男性を連れて歩くわけにはいかないし、女性の知り合いに覚えはない。親戚の女性も、覚えているのは自分より年上でもう結婚している人ばかりだ。

付き合いを否定して、それでも一緒に行ってくれる女性を探す？

そもそも、パーティまであと三日しかないのにパートナーが決まっていない女性がいるだろうか？

悩んでいると隣からため息が聞こえた。

「子供の相手ができるなら、知人の婚約者を借りてもいいよ」

「子供の相手？」

「社交界デビューしたての少女だ。婚約しているから噂にはならないだろう」

「婚約者の人は出席しないんですか？」

「相手は騎士として当日警備に入るのでパーティに連れて行けないと言ったら泣かれたと言っていたから丁度いい」

「でも、俺は女性にあまり優しくないので、怒られたりしないですかね」

「君は入場許可証のようなものだ。未来の王妃の婚約パーティに参加できれば満足だろう。中に入ったら、一曲踊って夫婦で参加する彼女の姉に引き渡せばいい」

「それは……、魅力的な提案です」

「乗る？　私としても君が他の令嬢と親しくなるのが阻止できてありがたいのだけれど」

四日ぶりの口説きだ。

もう言われ慣れたし、あなたのことを認めてきましたからね。またそんなことをと思う程度ですよ。

「お相手のお嬢さんと婚約者さんがそれで納得してくれるなら乗りたいです」

「いいだろう。少し待ちなさい」

彼は戸口の横にある紐を引いて人を呼ぶと「サディオ・ローカス」を呼びなさいと命じた。

サディオ……。どこかで聞いたことがある名前だ。だが顔は思い浮かばない。

俺はすぐに気づいた。そうだ、どこかで聞いたことがあるはずだ。彼の次の愛人にと指名されてた人じゃないか。トーマから聞いた話だと確か第一騎士団の副団長だったはずだ。

暫く待つと、ノックの音がして茶に近い金髪の男性が入ってきた。

「お呼びでしょうか？」

もう形容する必要もないが、美形だ。ちょっと無愛想っぽい顔だが細い目がそうさせるのだろう。さすが次期愛人候補。

「サディオ、レリアンナ嬢はまだパーティに出席したいとごねてるかい？」

言われると、サディオは整った顔を少し歪ませた。

「まだ幼いので自制が利かないようです」

「十五では仕方がないさ。実はこちらはクレアージュ侯爵の次男でリオンというのだが、今回私の仕事を手伝っている間パートナーのことを失念していたらしくてね」

「クレアージュ侯爵の。ではアリシア様の弟君で？」

「そう。絶対に出席しなければならないのにパートナーがいないんだ。そこでもし君がよければ、レリアンナ嬢を彼のパートナーに貸してあげてくれないかな。なに、入場の時に同伴してくれれば後はエスターク伯爵夫妻にお任せしよう」

「それは……、構いませんが、リオン殿はそれでよろしいのですか？　意中の女性を誘うチャンスでは？」

「意中の女性はいないので」

俺に向けての質問だと思ったので、返事をした。

「聞いていないか？　リオンは記憶喪失になって色々忘れてしまった。貴族の令嬢のことも覚えていないと思うよ」

「記憶喪失のことは聞き及んでいますが、身綺麗にしたのはお付き合いする女性ができたからではないかという噂があるものですから」

「え、そんな噂が流れてるんですか？」

「まあ男が急に容姿を気に掛けるようになるのは大抵女性が原因だろうからね」

俺の驚きに、オリハルトが答えをくれた。

「今の驚き方からして、それが理由ではない珍しい例のようですね。パートナーを失念していたというリオン殿の困り事の解決に私の婚約者が役立つというのでしたら、こちらからお願いしたいくらいです」

いい人だ。

騎士って脳筋かと思ったが、物腰も柔らかだし、こちらに対する態度もいい。

「レリアンナは今年社交界にデビューしたばかりで、まだ子供です。私は仕事なのに国事のパーティに出席したいと駄々をこねられて困っていたところだったので助かります」

微笑む顔も人当たりが良さそうでほっとする。

「誓って、あなたの婚約者に失礼なことはしません。姉の婚約式にパートナー不在で出席できないという失態をカバーしてくださることは感謝しかありません」

「ではお互い様、ですね」

うん、やっぱり俺は年上の男性に弱いみたいだ。それも、優しいタイプの。

「サディオ、仕事中に呼び出して悪かったな。もう戻っていい。当日のことは後で書面でクレアージュ家に連絡を」

「わかりました。それでは、失礼いたします」

彼にとってオリハルトの言葉は命令に等しいのだろう、サディオは一礼するとすぐに退室してしまった。

もう少し話してみたかったのに。

後でトーマに聞いてみよう、彼と繋がりがあるかどうか。ああそうだ、ついでに彼の婚約者を借りることも言っておこう。そうすればトーマから騎士団の人達にサディオさんの婚約者を同伴する理由を説明してもらえるだろう。

いい人だったから、サディオさんには迷惑をかけないようにしないと。

「……不満だな」

隣で、オリハルトがポツリと呟いた。

「何がです？」

「私はリオンの気を引くために色々やって、やっと少し褒めてもらえたところなのに、初対面のサディオには随分柔らかい表情を見せるじゃないか」

「だって、いい人じゃないですか。礼儀正しいし」

「私にもそんな顔を向けて欲しいな」

どんな顔なんだか。

「基本、俺はこういう顔なんです。前の世界でも淡泊だとか冷たいとか言われてましたから。もし柔らかい表情なんてものを浮かべていたのだとしたら、それは相手が誠実だからです。誠実で落ち着いた人には顔が緩むのかも」

「私だって誠実だろう？」

「仕事ぶり真面目でしたけど、恋愛遍歴の激しい人を誠実とは言えません。それとも、そういう噂は全てお芝居だとでも言います？」

アレンのことは芝居だと思っていたので一応訊いてみる。上手く言い繕うとするなら『全部嘘だ』と言うだろうと思っていたのだが、彼は少し考えてから白状するように言った。

「全て芝居とは言えないな。君より年上だからね、それなりに遊びはしたよ」

その返事にちょっとムカつく。

「だが、リオンを好きになってからは一度も遊んでいないことは誓える」

「リオンって、記憶を失った俺のことを言うならそんなに日が経っていないじゃないですか」

「時間は関係ないさ。好きになった相手に誠実になったことに変わりはない」

「はい、はい。それはもういいです。せっかく仕事の態度は真面目だと思っていたのに……」

またくだらない冗談を、と否定すると、彼は突然俺の手を握った。

何を、と思って彼を見るとオリハルトは真っすぐに俺を見つめていた。

この紫の瞳には魅了されてしまう。

「本気で言ってるんだよ。私はリオンが好きだ」

声のトーンが少し下がっている。

とても冗談にも聞こえなくて、一瞬言葉を失う。

「言っただろう？　私を王弟として扱わず、何かを期待することもなく接してくれて、私を叱ってくれたのはリオンが初めてだ。以前のリオンはアリシア殿に虐げられていると思ったから声を掛けていた。だが今のリオンには私が惹かれている」

う……。

反応ができない。

前世でも、女の子に好きだと告白されたことはあった。だがこんなに真剣に言われたことはなかった。見かけがいいから声を掛けた、恋に恋して俺を見ていないという娘もいた。

だから俺の態度が冷たいとか感じが悪いと、すぐに距離を置くようになった。

でもオリハルトは、最初から素っ気ない態度で接しているのに、俺を好きだと言う。

それって、……何か嬉しい。

「君は男性でも、女性でも、好きになったらそれまでなんだろう？　だったら私との恋を本気で考えてくれないかな」

俺、この人にそんなこと言ったか？　陛下との会話で口にした覚えはあるけれど。まさか陛下はそんなことまで彼に話したのか？　そこまでペラペラ喋る人には見えなかったのに。

でも、あの時は側に誰もいなかったから会話を聞いていた人間はいないし……。

護衛が隠れていたとか？　あの時物音や気配はなかったけど……。

『うん、可愛いよ。臆病で、健気だ』

植え込みから音が響いてハリネズミがいるのだと言った時の陛下の言葉。あの時は聞き流したけれど、ハリネズミが『健気』？　それって形容詞的におかしくないか？

もしも……、もしもあの時、植え込みにいたのがオリハルトだったら。

俺と陛下が会話している間ずっと植え込みに隠れていたのだとしたら。

そういえばアリシアが俺を苛めてるのではないかと言われたけれど、アリシアがそんな言動をしたのはオリハルトの前だけだった。オリハルトがそれを気にして陛下に進言して俺に確かめるようにしたのだとしたら？

俺には言わず陛下に相談して、同席せず見守っていたのだとしたら……、可愛い。確かに健気だ。

心配だから兄に言ってあげたんだよ、というアピールもせず俺のために動いていた？

いやいや、これは想像の域だ。事実ではない。……でも事実だったらツボる。

「リオン？」

握られていた手に力が入る。

「私のことが嫌いか？」

美しい紫の瞳がじっと俺を見つめる。綺麗な顔が真剣に迫ってくると心臓に悪い。

「……嫌いではないです」

「じゃ、私との恋愛を……」

「恋愛は考えられません」

ほだされちゃダメだ。

「何故？」

「信じられないからです。ご自分の今迄の言動を考えてみてください。遊び半分で男に声を掛ける、愛人を複数作る、仕事はせずに遊び歩く。たとえそれが兄上と諍いを起こさぬための回避策だったとしても、そのせいで兄の足を引っ張ることに考えが至らない。自分を磨いて兄の役に立つと考えない。諍いがないことを示すために公衆の面前で陛下に膝を折ることはプライドが許さない。俺が真面目な人が好きだと言ってから真面目になってもご機嫌取りにしか見えません」

だから好きにはならないと、自分に言い聞かせるように彼の欠点ばかりを言い連ねる。

目の前で彼の顔が神妙になり、落胆してゆくのがわかっていても。

「あなたの真実の姿が見えない。あなたの真実の言葉がわからない。そんな人に何を言われても信じられません。男だから、王弟だからというのじゃない。オリハルトがどういう人間なのかかがわからなければ、恋愛なんか無理です」

こっちがその気になってから、実はやっぱり遊びに過ぎなかったとなられるのは嫌だ。

それでなくても、さっきの剣技を見てグラついてるのに。

「殺し文句だな……」

彼が握っていた手を離した。

「何がです」

だから油断した。

「何のしがらみもなく私と向き合いたいと言ってくれるなんて、殺し文句だと言ってるんだ。私がずっと望んでいて手に入らなかった言葉を口にするリオンが、愛しくてたまらない。私の本気を知りたいのなら、教えてやろう。これが私の真実の気持ちだ」

言うなり、彼の顔が近づき抱き寄せられてキスされる。

逃れられない強い力。

激しい口づけ。

唇を割って強引に差し込まれた舌が、俺の舌に絡めてくる。まるで味わうかのように。

熱くて、柔らかい感触が口の中で暴れる。

身体を引こうとしたが、彼の左の手が後ろから頭を押さえ付けてくるから逃れられない。

胸の奥が、ズキズキした。

挨拶のキスじゃない。遊びのキスでもない。本気の、『求めてる』キスだ。

目眩がするほど気持ちよくて、このままこのキスに応えたいという気持ちが生まれそうになって、ハッとした。

「痛ッ！」

なけなしの理性で彼の臑《すね》を蹴り、身体を引く。

バランスを崩して椅子ごと床に倒れた。

「リオン、大丈夫か？」

心配そうに伸びて来る手を拒んで、すぐに立ち上がる。

「こんなのは、本気の証しなんかにならない！」

動悸《どうき》が収まらない。

ドキドキを通り越してバクバクしてる。

「リオン」

「ちょっと仕事したり、ちょっと剣の上手いところを見せたって、本気だとは思わない！」

「じゃあ何をしたら信じてくれる」

「そんなの、自分で考えろ！」

俺はそのまま部屋を飛び出した。

「リオン！」

俺を呼ぶ、オリハルトを置いて。


家に戻ると、ロンダンに体調が悪いからと言ってそのまま自分の部屋に直行した。

上着を脱ぎ捨て、ベッドにダイブする。

ファーストキスだった。

ファーストキスだったんだぞ。

彼は知ってたはずだ。なのに強引にキスした。

今迄ずっと、強引には出なかったのに。口説かれても、迫られても、最終的な一歩は越えなかったのに。

悔しいのは、キスにうっとりしかけた自分だ。

初めてのディープキスに呑まれてしまった。

舌に口の中を荒らされるって、あんな感じなんだ。キスだけでイッちゃうなんて表現をマンガなんかで見たけど、絶対嘘だと思っていた。でもあの一つになる感じというか、口だけなのに生の肉体が交ざり合う感じに身体が反応した。

それが悔しい。

相手はたかがオリハルトなのに。

そりゃ、顔はいい。優しいところもあるし、デキる男だ。でもいつも自分の本心を隠してるような男じゃないか。

兄を大切に思ってるから、国に騒乱を起こしたくないから、芝居をしているのはわかる。でもだったらどうしてそれをちゃんと表に出さないのか。

彼ならば、デキる王弟として表に立って、自分を利用しようとする者を断罪することだってできるだろう。

そんなにデキる弟が側にいて支えるなら、陛下の株も上がるだろう。

今の彼の態度は、彼の実力に対して不当な評価しか呼ばない。

そこに腹が立つ。

彼がそんな考えを抱くようになったのは、きっと彼がまだ若い頃に誰かが側で吹き込んだからに違いない。そういう人間にも腹が立つ。

あんなに優秀な兄弟がいるのに、どうして二人を一緒にもり立てようと考えなかったのか。

もう、みんな腹立たしい。

「戦ってる姿はかっこよかったのに……」

あの時、オリハルトは真剣だった。

相手が強いだけに手を抜くことなんて考えなかったのだろう。

仕事をしている姿も素敵だった。

知識も豊富で、指摘も的を射ていた。地頭がいいのだろう。

才能があって、容姿もよくて、それなのに不当な評価を招いているなんてもったいない。オリハルトはもっと認められるべきだ。

この考えは、姉貴達言うところの『推し』に似ているかもしれない。そうだ、きっとそれに違いない。

姉貴もよく、アイドルゲームの自分の推しが『あんなに可愛くて歌も上手いのにセンターになれないなんて悔しい！』と言っていたではないか。

つまり、俺はオリハルトに恋愛感情ではなく、『推し』感情を持ってるから彼が優遇されないことに腹が立っているに違いない。

彼はアイドル並みに容姿と才能があるのだからきっとそうだ。

そうでなければ、こんなにオリハルトのことが頭から離れないわけがない。

「この世界で目覚めてから、俺はずっと彼のことばかり考えてるな……」

好きとか嫌いとかじゃなく、いつも目の前にいるから、絡んでくるから、理解ができないから、……かっこいいから。オリハルトを意識してる。

誰か一人に、こんなに固執するのは初めてだ。

「いや、でも恋じゃないから！」

『何のしがらみもなく私と向き合いたいと言ってくれるなんて、殺し文句だと言ってるんだ。私がずっと望んでいて手に入らなかった言葉を口にするリオンが、愛しくてたまらない。私の本気を知りたいのなら、教えてやろう。これが私の真実の気持ちだ』

頭の中で、彼のセリフが繰り返される。

王家に生まれて、ずっと王族として、王弟として扱われてきた彼は、個人よりも身分を優先されてきたのだろう。

王位なんて考えたこともない世界で生きてきた俺の言動は、本当に彼を喜ばせたのかも。

『愛しくてたまらない』

でもあれは言い過ぎだ。

キスが真実の気持ちだなんてやり過ぎだ。

顔が熱くなって、またあの感触を思い出す。

口の中に、彼の舌を感じる。

頭の中から紫の瞳が離れない。

「クソッ……」

経験が乏しいから、こんなに囚《とら》われてしまうんだ。

こんなストレートなアプローチを受けたのが初めてだから、顔の熱が取れないんだ。

遊び人に『愛しい』とか言われたのを本気にして照れてるわけじゃない。好かれて嬉しいなんて思ってない。

ただ……。

ただ……。

「キス一つで落ちるなんて、軽過ぎるだろ……」

『ただ』の後が考えつかなくて、『ただ』オリハルトの顔だけが頭の中にチラついていた。


病気でもないのに仕事は休めない。

サラリーマン時代に染み付いた習性で、俺は翌日も出仕した。

とはいえ、オリハルトとのセッションはパーティまで休むという言《げん》をもらっていたので、向かうのは経理だ。

仕事が好きというわけではないが、余計なことを頭から追い出すのに数字と向き合うのは有効な手段だった。

一日がむしゃらに働いたら、少し頭もスッキリした。

落ち着きも取り戻した。

思い出しては全身がむず痒くなるような、キスの感覚も薄れた。

俺は恋愛には向いてない。今迄誰かに恋をしたことなどない。女性は姉貴達みたいに家族としてしか思えず、男性は友人に過ぎない。

侯爵家の息子として結婚はしなくちゃならないということも、今のところ家族には猶予されているし、一生食っていける仕事もある。

だからこのままでいいのだ。

心を揺らされることなく、地道に生きていけばいい。

……俺はオリハルトに心を揺らされたのか？

いや、そういうことは考えなくていい。

この世界の家族は優しい。この世界の同僚もいいヤツだ。幼なじみのトーマも、俺をリオンとして接してくれてる。

居心地のいい世界で、普通に生きていればいい。

翌日にも仕事に出た。

戻ると、サディオ・ローカスからの手紙が届いていた。

パーティの日の行動についての説明だ。

第一騎士団の自分は王族警護なのでパーティの会場にいる。困ったことがあれば声を掛けてくれてもいい。

婚約者のレリアンナはパーティに出席できることをとても喜んで、俺に感謝しているとのことだった。

当日は、レリアンナ嬢がご両親のエスターク伯爵夫妻と馬車で我が家に立ち寄る。彼女のお姉さんは婚約者と共にそのまま城へ直行する。

本来ならば男性が家まで迎えに行くものなのだが、レリアンナは婚約者がある身なので、独身の他の男性と馬車で二人きりというのはよろしくないから、彼女は両親と同じ馬車で、俺は俺の馬車で、連れ立って城へ。

城へ到着したらパートナーとして入場する。

せっかくのパーティなので、よければ一曲踊ってあげて欲しいともあった。これは俺が彼女とダンスを踊ることは婚約者から頼まれたから、という言い訳にもなる一文だ。

そしてダンスが終わったら、エスターク伯爵夫妻に彼女を預けて、後は自由にしていいとあった。

俺はその手紙を兄のリカルドに見せて、当日はレリアンナ嬢をパートナーにすると告げた。

アリシアと両親は既に王城に移っていたので。

「どうするのかと気になっていたが、何とかなったようだな」

リカルドはそう言って俺の頭を撫でた。

「次は本当の自分のパートナーを見つけられるといいな」

とも言って。

ダンスにはまだ自信がなかったので、パートナーを受けてくれたレリアンナ嬢に恥をかかさないために付け焼き刃でダンスの練習もした。

幸いにも、身体と心が馴染んできたのか、リオンの身体は上手く動いてくれたので何とかなりそうだ。

そして陛下とアリシアの婚約発表の日がやってきた。


兄の勧めに従って薄い青の地に金の刺繍《ししゅう》が施された礼服に身を包み、迎えに来てくれたエスターク伯爵と自宅で挨拶を交わす。

エスターク伯爵夫妻はおっとりとしたいい方達で、レリアンナ嬢は赤毛の元気のいいお嬢さんだった。

「こんな素敵な方がパートナーなんて、嬉しいです」

と笑う姿は、まだ子供だった。

確か十五だから、中三か高一ぐらいってことか。なら幼さが残っていても当然だな。

「こちらも、こんなに可愛いお嬢さんにお相手を引き受けていただいて光栄です」

というのはあながち社交辞令でもない。子供っぽくて、素直そうな女の子は、美意識高そうな美女よりずっといい。

それから各自別々の馬車で城へ向かう。

王城は職場なので、そんなに緊張することもないだろうと思ったのだが、やはり『今日』は特別な日だった。

出仕の時に馬車を付けるのとは違う入り口、渋滞するほどの馬車の群れ。建物は篝火《かがりび》で照らされ、垂れ幕で飾られてケーキのようだ。

俺の馬車が先行し、降りてからすぐに伯爵達の馬車へ行き降りるレリアンナに手を差し伸べる。目が興味津々といわんばかりにキラキラしてるのが可愛い。

「それでは、一曲終わりましたらお届けに上がります」

「お願いしますね。レリアンナ、おとなしくしているのよ」

母親がわざわざ注意するということは、行動的なお嬢さんなのかな？

「素敵なドレスですね。髪色に合わせていてよく似合ってます」

女性が着飾っている時にはきちんと褒めなさいという前世の姉貴達の金言に従ってそう言うと、彼女は嬉しそうに微笑んだ。

「あの……、お願いがあるのですが」

「何でしょう？」

「遠目でいいので、サディス様のお姿を身に行きたいのですが……」

「もちろん。ただ仕事中ですから声はかけられないかもしれませんが」

「わかっています。重要なお仕事ですもの」

サディスが騎士であることが自慢なのか、彼女は鼻を鳴らした。

よかった。彼女のベクトルがこちらに向かないで。もめごとは御免だ。もっとも、あんな素敵な婚約者がいたら他所《よそ》に目が向くこともないか。

大広間への入口で順番を待ち、来訪を告げられてから中に入る。

パーティの記憶もぼんやりと持っていたが、流石外国からの来賓があるほどの大きなパーティは違う。

幾つかの部屋を繋いだらしい広大な空間は、床はピカピカ、装飾も置かれている家具も一目で一級品だとわかるようなものばかり。そこに美しく着飾った人々が詰め込まれるのだから、場はきらびやかとしか言いようがなかった。

「こんなに素晴らしいパーティは初めてで、緊張します」

「実は俺もです」

会場に入ったはいいが、どうしたものかと思っていると、侍従が声を掛けてくれた。

「クレアージュ侯爵御子息、リオン様でございますね。どうぞこちらへ」

人物を確認して案内してくれる人がいるなら付いて行った方がいいと判断して、俺は彼に付いて行った。

入口は会場の中央部分だったのだが、俺達が連れて行かれたのは玉座《ぎょくざ》の近くだ。

考えてみれば国王陛下の婚約者の弟、今日の主役の身内なのだから当然か。

「あ、サディス様」

隣でレリアンナが小さく呟いたので彼女の視線を追うと、空の玉座のすぐ横に控えている騎士達の中にサディスを見つけた。

恋する女の子は目がいい。

あちらも我々に気づいたようで、目だけで軽く会釈した。……と、思う。

招待客が全て広間に入ってから、静寂とざわめきが交互に訪れていたが、一人の男が玉座の前に立つと完全な静寂が勝利した。

「アーディオン国王陛下、並びにクレアージュ侯爵令嬢アリシア様、並びにオリハルト王弟殿下のおなり！」

男の大きな声が響くと、玉座の奥にあった扉が開き、白い礼服のアーディオン陛下に手を取られた美しく着飾ったアリシアが現れ、その後ろから青い礼服のオリハルトが続いた。

正面の玉座の左右にあった椅子に、まず陛下がアリシアを座らせる。次に自分が着座し、最後にオリハルトがアリシアと反対側の椅子に座った。

傍目《はため》にもアリシアが緊張しているのがわかる。

ああ、一番上の姉貴の結婚式を思い出すなあ。いつもは憎まれ口を叩く女ボスみたいだったのに、あの日はお姫様みたいだった。

呼び出しをした男が再び前に出て巻紙を広げて読み上げる。

「今宵は我が国の聖なる太陽アーディオン陛下と、敬愛なる陛下の月アリシア嬢との婚約を皆に知らしめ、祝いの夜となす。ご列席の方々は心ゆくまで楽しみ、お二人に祝福を捧げてくださいませ」

彼が言い終わるのと同時に、音楽が鳴り響く。

一同注視の中、陛下が立ち上がってアリシアの手を取り、フロアに出た。

それが合図だったかのように何組かの男女（恐らく予《あらかじ》め決められていた者だろう）もフロアに出て、ダンスが始まった。

静寂は音楽に負け、人々は緊張が解けたかのようにさざめき始める。

「アリシア様、お美しいですわ……」

隣では借りものの少女がうっとりするように呟いた。

「サディス殿には遠く及びませんが、陛下達の一曲が終わったら踊りましょう。今は姉を見ていたいのでしょう？」

「はい」

レリアンナがアリシアに注目しているので、俺は何となくオリハルトを見た。

彼は座っていた椅子から立ち上がり、数人の美形の男達に囲まれていた。中にはアレンの姿も見える。

あれが彼の取り巻きなのか。中には親しげに彼の腕を取っている者もいる。

王座に近いところにいたのならば、きっと皆それなりの地位のある者達だろう。見た目もいいし、俺なんかにコナかけなくたって彼の周囲には立派な人達がいるじゃないか。

あの中の何人かは、本当にオリハルトの相手をしたのかも。彼も遊んでないとは言わないと言っていたし。

俺は彼から視線を外した。彼のことは考えない。今日はレリアンナがパートナーだ。

曲が終わったが、陛下とアリシアはもう一曲踊るようだ。

「レリアンナ嬢、踊りましょうか」

「はい」

ゆったりした曲に合わせ、俺は彼女を伴ってフロアに出る。

ステップに自信がないので、「サディス殿の目の届くところで踊りましょう」とそれっぽいことを言って端の方で踊った。

きらきらした世界は現代人である俺には合わないな。やはり一生事務官として地味に生きることを選んだ方がよさそうだ。

ダンスが終わってフロアを下りると、一人の女性が近づいてきた。

「レリアンナ」

「お姉様」

説明を求める必要もなく、彼女の姉だな。レリアンナより色の薄い赤毛だが顔立ちがそっくりだ。

「リオン様、今回は妹のお相手、ありがとうございます。姉のローズマリーと申します」

「リオンです。妹さんには助けていただき、こちらがお礼を言いたいところです」

「あら、本当はお誘いしたい方がいらしたのではなくて？」

「いいえ。パートナーが必要なことすら失念していて、サディス殿の恩情におすがりしたのです。社交も上手くできなくて」

「あらいけない、アリシア様のことお祝い申し上げないと」

「どうぞその言葉は姉に言ってあげてください」

「アリシア様の弟君でいらっしゃいましたわね。私、ローズマリーの友人でレベッカ・ノーキスと申します。私からもお祝いを」

「婚約したのは私ではないので、どうぞ姉に」

「私達がアリシア様にお声掛けなどできませんわ。あ、私、レリアンナ様の友人のカロリーナ・マルシアスです」

気が付くと、いつの間にか俺の周囲に女性達が集まってきているのは気のせいではないな。

「リオン様は婚約もまだだそうですわね」

一通りの自己紹介が済んだところでローズマリーが訊いてきた。

「はい。次男ですから気楽なものです」

「お付き合いなさってる方はいらっしゃらないのかしら？」

探るような目付き。うん、これは覚えがある。

「いません。姉に恥じないように仕事をするので精一杯ですから、女性の相手は無理です」

キッパリ言い切ると、女性達の何人かは不快な顔をした。

「兄が結婚したら侯爵家を出なければならないかもしれませんし、そうしたら市井《しせい》に部屋でも借りるしかないですから、結婚なんて」

関係を友好にするためのお世辞ぐらいは言えるが、望まないモテは早めに切るに限る。

付き合って、俺の人となりを知って近づいて来るならまだしも、容姿と身分で近づいて来る女性は遠慮したい。

「あらでも、クレアージュ侯爵家なら別邸もお持ちでしょう？　そんな悲観なさることはありませんわ。それに、経理でも有能だというお噂はうかがっておりますもの。きっとすぐに政務官になられますわ」

ローズマリー嬢は手ごわいな。

「お仕事で忙しいのでしたら女性に癒されることもあると思いますわ」

「いや、女性に不慣れなので、気を遣って余計疲れるだけだと思います」

「まあ、付き合ってもみないで答えを出すのは早計でしてよ」

……彼女はどうやら俺の姉貴達と同じ部類の女性のようだ。

絶対に相手から自分の望む答えを出すまで引き下がらない。

こういう時には話題を逸らすに限る。

「そういえば、皆さん姉に声掛けはできないと言っていましたが、俺が紹介しましょうか？」

その言葉で女性達が色めきだった……、と思ったが、彼女達のテンションが上がったのは俺の言葉のせいではなかった。

「やあ、お嬢様方、綺麗な花が一カ所に集まるのはもったいない。もっと会場の男性達皆の目を楽しませてくれないと」

俺の背後に立った、オリハルトのせいだった。

「これは、オリハルト殿下。この度はおめでとうございます」

「ありがとう。美しくも可愛い義姉ができて喜ばしい限りだ。ところで、リオンに仕事の話があるのだが、連れて行ってもいいかな？」

行きたくない。

行きたくないが、王弟殿下の言葉に異を唱えられる者はこの場にはいなかった。俺にしても、公式の場で王弟殿下に『嫌です』とは言えない。嫌々だというのを示すためにため息をつくのがせいぜいだ。

「……ローズマリー嬢、レリアンナ嬢をお願いします」

レリアンナをお姉さんに託して振り向いた俺は間近で見るオリハルトに一瞬言葉を失った。

クソかっこいいじゃないか。

遠目で見ていた時もかっこいいとは思っていたが、珍しく前髪を上げ、背筋も伸ばし、きっちりとした礼服に身を包んだ姿は、一枚の絵のようだ。

「人に聞かれると困るから、バルコニーへ行こうか」

初めて見た時も、ザ・王子様と思ったことを思い出す。

彼は無言のまま先に立ち、俺に触れたりエスコートすることもなくバルコニーへ向かった。

俺も黙って付いてゆく。

ちらりと見ると、陛下達はダンスを終え、玉座近くで来賓達に囲まれていた。

ダンスフロアを迂回し、揃ってバルコニーへ出る。バルコニーには、明かりがなく薄暗かった。室内から漏れてくる光も、出入り口の辺りしか照らしていない。

彼はその明かりが届かない手摺りの隅まで行ってから振り向いた。

「女性達に囲まれて、随分とご機嫌だったな」

明るい場所から移ったので目が慣れず、暗がりにいる彼の表情は見えない。けれど声は怒っているように聞こえる。

「別に。ご機嫌じゃありません。独身男性だから群がられてるだけで、面倒なだけです」

「本当に？」

「本当だろうが嘘だろうが、あなたには関係ないでしょう」

「リオン」

暗がりから手が伸びて、腕を取られ、引っ張られる。

勢いがついて、彼の胸の中に飛び込む形になってしまった。

「離してください」

慌てて彼から離れようとしたが、その腕が俺を捕らえた。

「関係はある。私は、女性に囲まれる君を見て女性達に嫉妬した」

手が、頰に添えられる。闇に慣れてきた目に彼の真剣な顔が映る。

「リオンに会わなかった時間、君のことばかり考えていた。リオンが得難い存在だと再認識した。お前ほど遠慮なく私にものを言う人間はいない。立場も地位も考えずに意見できる人間はいない」

それは、王様の顔だった。

「だから、お前を私の補佐官にしたいと思った。今二人でやっている仕事を、正式なものとして上申し、一緒にやろうと」

光が足りないせいで濃く見える瞳の紫から、目が離せない。

「だが、女性達に嫉妬して、初めてそれだけではないと思った」

スッと手が離れる。

それを寂しいと思う気持ちがある。

オリハルトは俺に背を向けたまま話を続けた。

「私は本気だと言ったが、お前は信じてくれなかった。今もだろう？」

ああ、どうしよう。

もう一度あの紫の目が見たいと思ってしまう。

落ち着いた声に、気持ちが惹かれる。

「……何もかもいい加減で、問題から逃げてる人は信じられません」

「そうだな。だからこの続きは後にしよう。私が本気で君と向き合うと証明したら、話を聞いてくれ」

「証明……、できたらいいですよ」

「約束してくれるかい？」

オリハルトが振り向く。

でも遠くて瞳の色がわからない。

「約束します。でも、証明できたら、ですからね」

「うん。ではおいで」

彼は再び近づき、俺の手を取って会場に戻った。

けれどその手はすぐに放され、彼だけが一人進んでゆく。

付いて来いという早さではなかった。

真っすぐに顔を上げ、礼服の裾を翻《ひるがえ》し、靴音高く陛下に近づいてゆく。

王の凱旋《がいせん》みたいだ。

本物の王様は彼の行く先にいるのに。

陛下も、陛下の周囲にいる人々も、オリハルトに気づいて彼に視線を向ける。

周囲の人々は怪訝そうな顔をしているし、背後に控える騎士達にも緊張が走る。アリシアも、自分を囲んでいた女性達に会話を止めるように手で制し、二人を見つめた。

合わせて、会場中から会話が消え、何事かを察した楽団が演奏を止める。

緊張と静寂と注目。その中で、アーディオン陛下だけが、穏やかな微笑みを浮かべて弟を見ていた。

「どうした？　オリハルト」

角のない柔らかな声の響き。

「親愛なる兄上にして敬愛すべき国王陛下。今宵の陛下の善き日に、陛下に誓いを立てることをお許しいただけますでしょうか」

凛とした声。

「許す」

答えた陛下の声は、今迄聞いたことのない強い声だった。これが、王の声か。

今ここに、二人の『王』がいるんだ。

だがその片方は、やおら膝を折って跪《ひざまず》いた。

オリハルトが、衆人環視《しゅうじんかんし》の中、アーディオン陛下の前に頭《こうべ》を垂れたのだ。

「私オリハルトは、ただ今よりアーディオン陛下の忠実なる臣下として全てを捧げ、陛下をお支えすることを誓います。我が国に王は一人。それはアーディオン陛下であるとここに宣言いたします」

「オリハルトは我が臣下となり、王位の継承を望まぬと言うのか?」

「陛下が王位を譲られる先は、陛下とアリシア様のお子と心得ます。私は陛下の命《めい》なくば継承の権利を忘れ去りましょう。いらぬ諍いの種を生まぬよう、この身は生涯独身を貫きます」

まるで芝居のようなやり取り。

オリハルトは、皆の前で自分は陛下の臣下になると宣言した。王位継承権は破棄しなかったが、それは今王家の直系が二人しかいないことを考えると当然だろう。だが継承の順位は自分よりも陛下の子供が優先、更に自分は子を作らないと言い切ったのだ。

王族として、人前で膝を付くことなどできないと言っていたオリハルトが。

「その言葉、確かに受け入れよう。しかし功をなさぬ者は臣たる価値も失うであろうことは理解できるな」

「はい。臣となったからには、陛下のために尽力いたします。そしてこれより先の我が功績は全て陛下ものとお覚えください」

「オリハルト、お前は私の第一の臣だ。だが未来永劫我が弟であることに変わりはないとも言っておこう。お前の忠誠を今宵のよき祝いとする」

ずっと跪いたままだったオリハルトに、陛下が手を差し伸べる。

「立ちなさい、我が弟よ。もう充分だ」

陛下はオリハルトが立ち上がってもその手を離さず、自分達を見つめる人々に向かって微笑んだ。

「弟のせいで座が白けてしまったが、まだ宴は続く。アリシア、まだ疲れていなければもう一曲私と踊ってくれないか？」

名を呼ばれたアリシアはにっこりと微笑み、陛下に歩み寄ると差し出された手を取った。

「喜んで」

「オリハルト、お前はもう下がってよい」

二人がフロアに出ると、再び楽団が音楽を奏でた。

時が泊まったように動かなかった人々も一斉に動き出す。ある者は慌ててフロアに出て陛下達のダンスに色を添え、また別の者は今の出来事を咀嚼《そしゃく》するかのように周囲の者達と言葉を交わす。

外国からの来賓は自国の従者に何事かを囁き、オリハルトは多くの人々に囲まれていた。

俺は、一連の様子をただ見ているしかできなくて、胸の中に湧き上がってくる感情を誰かに話すこともできずにボーッと突っ立っていた。

これが、彼の本気の証明か。

したくない、出来ないと言っていたことをやった。問題から逃げることなく、自分は王位を狙わない、兄を助けるために臣に下る。

継承問題を起こさぬように自分は結婚しない、つまりは子を生《な》さないと宣言した。

そして、遊んでる臣はいらないと言われ、これからは力の限り頑張る。その成果は自分のものではなく陛下のものだと宣言した。

もう、取り消しのきかない場所で。

潔さに身体が震えた。

オリハルトは、何かを言い募る人々を笑いながら制し、こちらを見た。

目が合って、彼の表情がいつものイタズラっぽい顔になる。するとそのままこちらに向かって来た。

どうしよう。逃げるべきだろうか？　皆が彼を見ている中、逃げ出すのはおかしいか？

よく見ると、アレンが同行している。ということは二人きりにはならないということだ。それなら待っていてもいいだろう。

「リオン」

オリハルトはまだ少し距離があるところで俺の名前を呼んだ。

「君に話がある。一緒に来てくれるね？」

さっき約束しただろう？　という言外の圧を感じる。後ろに控えるアレンは……、何故か苦虫を噛み潰したような顔をしていた。

「どちらへ？」

「ここでは人目を引き過ぎるからね。今日の主役は私ではない。陛下のためにも人に見られぬところに行かないと」

「アレン様は……」

「一緒に退室します」

苦虫を噛み潰した顔のまま、答える。何か嫌なことでもあったのだろうか？　ひょっとしてアレンはオリハルトを王にしたかったのかも。なのに彼があんな宣言をしたから怒っているのかもしれない。いずれにしろ、彼が一緒に来てくれるなら変な話にはならなさそうだ。

「では同行いたします」

まだざわめきと注目を浴びたまま、俺達三人は会場を後にした。

オリハルトを先頭にして。

遠ざかってゆく音楽を聞きながら、三人でずっと歩いた。

誰も何も言わず、ただ奥へと向かった。

周囲の装飾が豪華になってきたので、これは別室ではなく王族の住まいの方へゆくのだなとわかった。以前、陛下に呼ばれた時に通った廊下に似ていたから。

パーティの警備に人が割かれたのか、すれ違う衛兵の姿は少なかった。けれど陛下と会った時にもそんなにものものしい雰囲気ではなかったことを考えると、警備の人間は目に付かないところにいるのかもしれない。

やがて、オリハルトが一つの扉の前に立ち、ノックもせずにドアを開け、中に入る。アレンがそれに続き、最後に俺だ。

広く、落ち着いた部屋。装飾は華美ではないが、高級品が揃えられているとわかる。

オリハルトはテーブルの向こう側、長椅子に腰を下ろした。こちら側にある一人掛けの椅子には俺とアレンが座る。

「早々に済ませるために、まずは私から話を始めてよろしいでしょうか？」

アレンの言葉にオリハルトが頷く。

「殿下はリオン殿を補佐官にするおつもりですか？」

ちょっと待て、そんな話は聞いてない。いや、さっきバルコニーで聞いたか。

「彼が頷いたらね。無理強いはしない」

うん、それならばまだいい。

「彼にその能力があると？　経理の能力は認めていますが、殿下の補佐官ともなればそれとは別の話です」

「昨日渡した企画書に目は通したか？　あれは全て彼の発案だ」

「え……？」

「他にもまだ幾つもあるし、これからまた幾つも出すだろう。それはリオンでなければできないことだ」

それって……、前世の記憶で語ったことか？

「私は才のない者に役職は与えない。愛人ならば愛人として扱う。リオンは有能だ。そして我々には持ち得ない知識の持ち主だ。彼を他国に引き抜かれたり、邪心のある者に使われないようにするためには私の補佐官という職に置くのが一番いいと思う」

何かアブナイ単語が入ってたような気がするが、つまり俺を認めてるから補佐官にしたいと言ってるんだよな？

アレンは俺を見た。

前世の話はしていないし、仕事の話はしていいのかどうかもわからないので無言を貫く。

「では、最後に。殿下は何事にも深慮でいらっしゃり、真心をお持ちで、力で物事を叶えようと考えたことはなく、これからもそうだと信じてよろしいですね？」

「遠回しだな。誓って、兄に顔向けできないことはしない、でいいか？」

詰問するアレンに対して、オリハルトは笑って返した。

そしてしばしの沈黙。

「……わかりました。では、私は上手いことやってきます」

「頼んだ」

急に砕けた口調になり、アレンは立ち上がった。

え？　ずっと一緒にいるんじゃないの？

「では、失礼します」

オリハルトに軽く会釈をし、俺に一瞥をくれると、アレンは出て行ってしまった。

俺も出て行きたい。二人でいるのが気まずい。だって、彼はさっきの話の続きをするのだろう。俺はちゃんと相手をすると約束してしまった。

でも、今ここで話をしたら、俺は……。

「私の補佐官の話、驚いた？」

緊張する。

「さっきバルコニーでも言ってましたけど、本気なんですか？」

「本気だよ。君は優秀だ。それに私達の知らない知識を持っている。私はこの国を良くするためにその知識を活用したい。王弟である私が指揮を執《と》れば反対は少なく、物事はスムーズに進むだろう。だから私と君が組むのが一番いいことだと思っている」

事務的に考えればそうだろう。

「よい返事が欲しいが、無理強いはしない。考えてからでいい」

「命令はしないんですか？」

あなたの立場なら、それができるでしょう。

「君に嫌われたくないからね」

いつもは強引に迫るくせに、こんな時だけ引くなんて。

「さて、仕事の話はこれで終わりだ。まだ気になることがあるなら、後にしてくれ。私は我慢の限界だ」

そう言うと、彼は立ち上がり、俺の方へ近づいてきた。

「リオン」

俺の座る椅子のひじ掛けの両方に手をついて、閉じ込めるように覆いかぶさる。

「さっきの話の続きをしよう」

……きた。

「別に話すことなんか……」

「君になかったとしても私にはある」

彼の膝が、俺の足の間を狙って椅子の上に乗る。ますます逃げられない体勢だ。

「君が優秀な人材だということは認めているが、それと私の感情とは別のものだ。才能と知識に関しての正当な評価は、君を私の補佐官にしたいということで決着がついた。後は君の返事を聞いてから交渉する。けれど、それとは別に、私は君が欲しい」

「話を続けるなら、この体勢は止めてください」

「だめだ。君はすぐに逃げるから」

「逃げたりなんか……」

「一度目は頭突きで、二度目は臑を蹴って逃げたのに？」

それは確かにそうだけれど。

「今夜は逃がさない」

怖い。

オリハルトが、ではない。

真剣に向き合って自分を求めて来る相手に、自分が何を言い出してしまうかが、だ。

「君が女性に囲まれているのを見て、私は女性達に嫉妬した。それは私のものだと思った」

「俺はものじゃありません」

「私のものにしたい」

「だから……」

「私にとって、リオンは唯一無二の極上の人間だ。駆け引きだけの恋のようなものならば幾つもしてきた。正直、遊びもした。だがこれほど相手を欲しいと思ったことはない」

何故俺に恋愛遍歴を告白するのか、なんて今は口には出せない。

「だからもしかしたらこれが私の初恋かもしれない」

うあぁぁ……。初恋とか言われてしまった。

「君は私の考えを変えさせた。事なかれ主義で嵐が過ぎ去るのを待つのは臆病だと指摘した。やるべきことをやらないのは逃げだと」

そんなこと言ったか？　いや、言ったかもしれない。才能があるのにそれを使わないでいる彼に苛立ちを覚えていたから。正当な評価を望まないことにもやもやしていたから。

「だから、今夜私は為すべきことをした。その勇気をくれたのはリオン、君だ」

「そんな大仰《おおぎょう》な。それはあなた自身の決意でしょう」

「決意か、そうだな。全てを捨てる気持ちになったのは、私が決めたことだ」

いや、それって遠回しに俺の言葉で全てを捨てたと言ってませんか？　第一全ては捨てていないでしょう。あなたはまだ王弟の身分と現王の一番の臣だという陛下の言葉があるじゃないですか。

……でも、王位継承権は失ったも同じだ。王族の直系男子であるのに。

「ここでも、私は自分の意志で為すべきことを為そうと決意した。リオン、君を……」

俺は咄嗟に両手を伸ばして彼の口を塞《ふさ》いだ。

だめだ。これ以上聞いたらマジだめだ。

「ひゃっ！」

だが彼の口を押さえた手のひらを舐められて、簡単にその戒《いまし》めを解いてしまう。

「何するんですか！」

「私の言葉を遮るからだ」

「聞きたくないからです」

「その反応は、既にわかっているということだな？　だが私はちゃんと自分の口で言いたい。

わかっているはずだという想像で臆病者になりたくはないからな」

俺の言葉を逆手にとったな。その薄笑いで意地悪をされてることはわかるぞ。

「君を愛している」

ギャーッ！

「……凄いな、熟《う》れたリンゴのように真っ赤だ」

当然でしょう。こんなに真剣な『愛してる』なんて、言われたことがないんですから。

見かけだけを気に入られたり、スペックがいいからと近寄られたりしても冷めるだけ。口癖のように繰り返す『愛してる』だって、聞き流せる。

でも恋愛経験の乏しい俺にだってわかる。

あなたは今、本気で俺を『愛してる』と言ってるんだって。それなら、恥ずかしくて顔ぐらい赤くなりますよ。

「リオン」

彼の顔が近づく。

「愛してる」

キスはされなかった。息がかかるほどの近さで止まっててくれたが、唇は愛の言葉を紡ぎ続けた。

「リオンが、初心《うぶ》なのはわかってる。ファーストキスもしてなかったんだろう？　強引に奪ってしまったことは反省する。あの時は、全ては手に入らないだろうと思っていたからせめてキスだけでも初めてを奪ってしまいたかった。でも今はキスだけじゃ満足できない」

顔は近づかなかったけど、身体を傾けたせいか椅子に置かれた膝はジリジリと俺に近づいていた。

「全部欲しくなった」

膝が、微かに俺の股間に当たる。

でも彼はそれを意識しているわけではなさそうだ。

「叱るように私を睨む顔も、兄の前で無防備に泣いた顔も、俺の剣技に子供のようにキラキラした顔も、何もかも全部私だけのものにしたくなった」

紫の瞳が眼前に迫る。

見つめられなくて視線を逸らす。

「どうか真剣に考えて欲しい。私は真剣だ。真剣に君を愛している。君の愛を得られなければきっと泣いてしまうだろう」

あの瞳を見なくても、耳から入って来る言葉が俺を縛る。

そうだよ、俺は『真剣』とか『真面目』という言葉に弱いんだ。真っすぐに向かって来る人に弱いんだ。

だから姉貴達のおかしな趣味も認めていた。彼女達は真剣にマンガのキャラクターが好きだったから。

早川が結婚を考えるほど恋人を好きだとわかったから、彼に怪我をさせてはいけないと咄嗟に身体が動いた。

アリシアが真剣に俺のことを心配してくれていたから、俺はオリハルトに冷たい態度を取って警戒していた。

自分が何かに没頭することのない人間だったから余計人が何かに執心することに憧れ、敬意すら抱いた。その気持ちには真摯に応えなければいけないと思っていた。

俺の外見に寄って来る女性達に興味がなかったのは、彼女達が真剣ではなかったからだ。

でも、今オリハルトは俺に真剣に愛を語っている。

「私に逃げるなと言った君なのだから、逃げてはいけないよ。どんな言葉でも受け止める、今の気持ちを正直に答えてくれ」

視線を外すために横を向いた俺の耳に、彼の声が響きゾクリとする。

「わ……、わかんない」

「わからない？」

「……わかりません。こんな真剣な告白なんか受けたことはないし、恋愛とか考えたこともしたこともないし。いや、普通にいつかは結婚するんだろうなという意識はありましたけど。友人が結婚するって聞いてもよかったなって思うぐらいで羨ましいとは思わなかったし……」

「……うむ」

「前世で姉が三人もいたせいで、女性に対して憧れはなかったっていうか、女性の現実を知ってたっていうか。だから同性の方が付き合いやすくて。ほら、男の方が純情なところがあるじゃないですか。そっちの方が好ましくて。でも姉達も純真なところはあるから可愛いところもあるんだなっていうのはわかってて……」

俺は……、何を言ってるんだ。

だが止まらない。

「陛下やリオンの兄のリカルドとかと接してると、年上の男の人っていいなって思って。男兄弟に憧れてたのかなって。俺は男だから優しくされるって感覚がなかったし、元々の『タイシ』の時も割りと外見はよくて、今のリオンも結構顔はいいじゃないですか。しかもリオンは侯爵家の人間だし、さっきの女の子達もそういうところを見て近づいて来たわけで、俺がどんな人間かも知らないのに秋波《しゅうは》を送られても興味なくて」

俺が喋るのを止めたら、オリハルトが『何か』をしそうな気がする。気がするだけなのにそれが怖い。

「俺は恋愛に夢は見ないけど、やっぱり自分のことをちゃんと見てくれる人間がいいなって思うわけで」

「君はどんな人間？」

突然彼の方から質問されて戸惑ってしまう。

「俺は……、無愛想だし、遠慮はないし、友人はサバサバしてカッコつけなくていいとは言ってくれるけど、それは男同士だからで」

「私は君が無愛想で遠慮がないのは知っているよ？　容姿は、まあいいに越したことはないが、私も容姿は悪くないからそれでどうこうという考えはないな」

「悪くないどころか、ザ・王子様っていう感じで凄く綺麗じゃないですか」

「私の容姿を気に入ってくれてるんなら、嬉しいな」

「……気に入ってるっていうか、目が綺麗だなと」

「ありがとう」

あ、しまった。

言葉が切れてしまった。

「リオン、私が訊きたいのは、君が私の愛を受け入れてくれるかどうかだ。簡単だろう？　私は君を愛してもいいかい？」

他人が他人の気持ちをいいとかダメとか言う権利なんかない。でも彼に本気で愛してるなんて囁かれたら、意識してしまう。

遊びなら『止めてください』の一言で終わるのに。真剣な相手には真剣に答えなければいけないと思ってしまう。

俺は、オリハルトを好きなのか？

好きは好きだ。

では愛してるのか？　愛せるのか？

俺がオリハルトを愛してる……？

「耳が真っ赤だね」

耳に柔らかいものが当たる。

「なっ！」

キスされたんだとわかったけれど、そこにオリハルトの顔があるとわかっているから前が向けない。

「君を愛してもいいかい？」

俺はどうしたらいいんだ。

「私はね、ずるい人間だから君が少しは私を好きでいてくれているとわかってる。だから全てを投げ出して君に愛を乞うている。本当の気持ちを教えてくれ」

俺がオリハルトを好きなのがバレてるって？　実際、俺はあなたが好きか嫌いかで言えば好きだ。だからって好きだとわかってるなんて言われて、そうですねとは言い難い。

自分でも、この好きが普通よりは上だとわかっているだけに見透かされて悔しい。

「リオン」

いっそ、彼の思惑を裏切ってみようか。

男として負けたくないという気持ちが、そんなことを考えさせた。望む答えがわかっているだけに、違う答えをしてみたくなった。

本当は『自分でもわからないけれど、愛に近い好きは感じている』という真実を隠して。

「あなたのことは……、好きですけどそれは友情止まりです。それ以上にはなりません」

横を向いたまま答える。

そんなことはないだろうと笑い飛ばされるか、じゃあこれから恋をしろと更に迫られるかと身構えた。

が、予想に反して彼は身体を離した。

「そうか。それでは仕方がない」

……え？

「しつこくしてすまなかったね。補佐官の話は後日伝えてくれ。閲覧室での会議も暫く休もり。再開する時にはこちらから連絡をする」

「……オリハルト？」

俺が顔を前に向けると、彼は離れたところに背を向けて立っていた。

「帰りがわからなければ、廊下を出て左に真っすぐ行くと衛士がいるから彼等に聞きなさい」

長椅子に戻るわけでもなく背を向けたまま話し続ける。

「あの……、俺……」

「いいんだ。努力をしても必ずよい結果が出るとは限らないことは知っている。気に病まなくていい」

いや、待って。そんなに簡単に終わらせられるものなのか？

さっきまで戸惑って、混乱して、悩んでいた俺の気持ちはどうなるんだ。

やっぱりただの遊びだったのか。

「オリハルト」

立ち上がり、後ろから彼の肘を引っ張る。

「触るな」

ビクッと、手が止まる。

彼は振り向かなかった。

「……行きなさい。早く」

拒絶？　いきなり？

「……友情じゃだめなんですか？　俺はあなたのことが好きだって言ったんですよ？」

「私の好きと君の好きは違う。それならば近づかない方がいい。君が好意を口にしてこの部屋に残るなら、兄に恥じる行為に及ぶかもしれないほど君を愛している。だから、自制が利いている間に出て行きなさい」

説明するように、彼は言った。

俺だってばかじゃない。今の言葉の意味はわかる。その気がありそうなことを言って残ってると襲うぞってことだ。

「出て行ったら……、もう二度と俺を口説かないって言うんですか？」

「……約束しよう。もう二度と、リオンを愛しているなどとは口にしない。それが君を困らせるだけだとわかったから」

「でも、仕事の時には会いますよね？」

「今は無理でも、その時までには諦めを受け入れる」

自分でも、何て身勝手なのかと思う。

彼に迫られるのをあんなに嫌がっていたのに、もう二度としないと言われて胸に穴が空いたような寂しさを感じるなんて。

兄のためにボンクラを演じ続けていたオリハルトならば、きっと本当に何もなかったようにしてしまうだろう。だがそれは演技だ。本当の彼はもう見ることができなくなる。

それでいいのか？　何かもっと他の方法があるんじゃないのか？　ちょっと口説かれるくらいを我慢すれば、今迄通りといくんじゃないのか？

彼のことは好きなのだ。軽口を叩く姿を、真剣な横顔を、勇猛な姿を、王族たらんとする凛々しい姿まで見てしまって、大分好きになったのだ。

いつもなら、逃げ出しているであろう状況でも、逃げずに彼と話をしたいと思うくらいに。

「行きなさい」

もう一度、彼が繰り返した時、俺はやり直しを求めるために彼の前へ回った。

……でも、それはするべきではなかった。

「……どうして」

オリハルトがさっと顔を背ける。

「どうして泣いてるんです」

そう。オリハルトは美しい紫の瞳から、惜しみなく涙を零していたのだ。一瞬見ただけだが、その顔はとても美しかった。

ああ……、だから振り向かなかったのか。俺に愛想が尽きたわけじゃなかったんだと思うと、安堵した。

「情けない顔を見られたな」

笑いながら言うけれど、まだ振り向かない。涙を拭う様子も見せない。

「リオンは優しい子だから、泣き顔にほだされては困るのに」

「ほだせばいいじゃないですか。泣き落としでもすれば……」

ほだされた。と言うか、喜んだ。それほどに気持ちを向けてくれているのかと。

愛されていて嬉しい、と感じることの意味を知っていながら。

「それで心が動いても、それは愛情ではない。憐れみだろう？　私が求めるのは君の愛だ。同情ではない」

ここでやっと、彼は服の袖で自分の頬を拭う仕草を見せた。

それから大きく息を吸い、こちらを振り向いた時にはいつもの少し微笑んだ顔だった。

「行きなさい。残るなら、君の望まぬことをするよ。いい歳した男がちょっと泣いたくらいで籠絡《ろうらく》されてはいけない」

「籠絡なんかされません」

「それなら……」

「でも残ります」

「リオン」

「……ごめんなさい。さっきのは嘘です。マウント取られた気分になって、ちょっと意地悪を言っただけです」

俺は未熟だ。

「本当は、結構オリハルトのことが好きです。前世も含めて、俺は恋愛をしたことがなくて、どこまでが好意で、どこからが恋なのかがわからないんです。だから最初に言った『わかんない』が本音なんです」

「ありがとう。だがそれではここに残ることを許可できない。君が成人の男子だから言うが、私は君を求めている。もっと俗な言葉で言えば、キスして抱いてしまいたい」

「う……」

直接的な言葉にまた顔が熱くなり俯いてしまう。

「それに応えることができないなら、私からは離れるべきだ」

離れろと言われたのに、俺は彼の服の袖を摘まんだ。

「……じゃあ確かめましょう」

「確かめる？」

「恋愛かどうかを。違うと思ったら止めてください」

それがワガママなことはわかってる。きっちりカタをつけようとしてくれてる彼に、自分の都合を押し付けてるだけだと。

でも俺は、前世の姉貴達にもワガママなんて言ったことはなかった。リオンになってからも、誰にも言わなかった。

でもあなたには、言っていい気がしたんだ。

「……それはまた酷なお願いだな」

「俺のことが本気で好きなら、それくらい試してくださいよ。俺だって、頑張って試そうって提案を口にしてるんですから」

「リオンは思っていた以上に悪い子だな」

手が、下を向いていた俺の頬に触れる。

「キスしていいか？」

「訊かないでください。ダメだとなったら逃げますから」

「……逃がせるかな」

不穏なセリフを口にしながら、彼は俺の額にキスした。

これくらいなら挨拶範疇だと我慢する。

次に頬にキスされ、耳にもキスされ、最後に顎を取られて上向かせられて唇を重ねる。

けれどそれは前の時のように濃厚なものではなく、軽く唇を合わせるだけだった。

「どう？」

「……平気」

「それはよかった」

目の前で、花が綻《ほころ》ぶように笑う。

芝居じゃない笑顔に、ほっとする。よかった、まだ彼は俺に素を見せてくれてると。

「じゃ、これは？」

腕が背中に回り、抱き締められる。

包むような抱擁はダメどころか安心さえする。

「平気」

「リオン、ここからは先に決めよう。嫌悪なら逃がす。だが恥じらいなら逃がさない。君が口にする言葉を、私は全てそのままに受け取る。嘘や気遣いはナシだ」

「……わかりました」

細く暗い道を、選んで進んで来いと言う。

道を間違えたらそこで終わりにするよ、と。

俺にもわかってる。ゴールは二つしかないんだ。一つは、彼が俺から離れる結末、もう一つは俺が彼に身を委ねる結末、だ。

ゼロか全てか。

わかってて今、自分はその道に踏み込んだ。俺自身が、結末を知りたいから。

突然、オリハルトは俺を放した。

慌てて服を掴んで、「まだ嫌と言ってない！」と言うと、彼は笑った。

「この先を試すなら寝室の方がいい。寝室へのドアをくぐれるかい？」

さっきまで花のように美しいと思った人は、悪い男の笑みを浮かべた。唇の片端だけを上げて、意地悪を言う顔だ。

寝室の意味はわかるだろう？　もうこれで決着はつくな？　という顔だ。

けれど、まだ決着はつかなかった。

「行きます」

寝室へ誘われることに緊張はするけれど、嫌だとは思わなかったから。

「おいで」

手を取られ、隣室への扉に向かう。

廊下への扉ではなかったことで、初めてここが彼の私室なのだと気づいた。

その時一番に感じたのは、アレンはこの部屋に入ることに躊躇がなかった。あの人はもう何度もオリハルトの私室に来てたんだろうな、という対抗心のようなものだった。

タマネギの皮が剥《は》がされるように、見ないフリをしていた自分の気持ちが一つずつ剥がされてゆく気がする。

「ベッドの上に座って」

手を離した彼が、ランプを点ける。

暗い部屋を照らす光は充分とは言えなかったが、部屋の様子を見て取れるだけの明かりにはなった。

大きなベッド、その手前に小さなテーブルと一脚の椅子。暗がりに沈んでいるがベッドの向
こう側にはクローゼットが見える。

突っ立ったままの俺を見て、彼は礼服の上着を脱いでテーブルに置き先にベッドに座った。

「そちらの椅子ではなく、ここに座れる？」

ポンポン、と自分の隣を叩く。

「座れます」

ちょっと距離は置いたが、彼の隣に腰を下ろした。

「遠いよ」

腕が伸び、肩を抱き寄せられる。けれど抱き寄せた手はすぐ外れた。靴を脱ぐためだ。

「同じように」

別に裸になれと言われたわけではないので、上着も靴も脱ぐ。

この世界では下着姿ということになるのかもしれないが、現代では白いシャツ一枚なんて普

通のことだから抵抗はない。

「ここにいるのが兄上だったらよかったと思う？」

「は？」

「君は兄上の前では涙を見せただろう？　正直妬《や》けた。私にはそんな顔見せないのにって」

「……あの時のハリネズミはやっぱりあなただったんですね」

「気づいてたのか？」

「あの時には全然。でも後で考えて『もしかしたら』と思いました」

「私が君を『タイシ』と呼んだら、私の前でも泣いてくれるかと思ったけど、もう決着をつけた後でがっかりした」

他愛ない会話をしながら、彼が俺の腰に手を回す。

男同士だしそれぐらいなら過去に、友人にもされたことはあるのに、その手に意識が向く。

「子供の頃、亡き父から問われたことがある。お前は自分が王に相応しいと思うか、と。まだ小さい頃だ。私は兄上の方が相応しいと思いますと答えた。実際、そう思っていたので。その時、それではお前の一生は兄に捧げろと言われた」

「そんな酷い」

「酷い？」

「自分の人生を他人に捧げろなんて、親の言うことじゃないです」

「君の前世の世界ではそういう考えなんだね。だが王族としては当然の言葉だ。王は唯一無二、王になる自信がないなら王のために身を捧げる者になれと教育されるものだ。継承問題を回避するために」

それは何となく理解はできる。でも不満だ。

「父が亡くなり、兄が国王となった時、私もこれでも兄のために力になろうと考えて働いたことがあった。だが、私達は歳が近過ぎた。自分で言うのも何だが、それなりに優秀だったのに、争いの種になるかもしれないと思われたのだろう。父も信頼していた重臣達の中に陛下のために目立たぬように、比べる価値はない者として過ごされるようにと進言した者がいた。以前、リオンが指摘した通りだ。私はそれが正しいと思った」

「お兄さんは何も言わなかったんですか？」

「王の言葉は絶対だ。兄上は誰にも何も言わない。進言したことを知っていたとしても、それを注意すればその者は罰せられる。私に何かを言っても命令になる。弟に命令はしたくなかったのだろう」

「……面倒ですね」

「孤高の人さ。だから、兄の側には優しい女性がいて欲しかった。王妃は、唯一王が私的な会話のできる相手だから」

「だからアリシアや俺に絡んでいた？」

「前のリオンは私の目から見て姉に虐げられて怯えている弟にしか見えなかった。王族ではないのだから年上であっても姉に従う必要はないのに、と思っていた」

それって、自分は王族だから兄に従うしかなかったことに不満があったって言ってるのと一緒だ。嫌ではなかったのだろうが、寂しくはあったのだろう。

「私も同じだ。王弟で、まだ子供のいない王の第一王位継承者。私の言葉に逆らえる者はいない。親しくなっても、強く言えば反論など呑み込むだろう。だがリオンは違った。私の言いなりになどならない。私の言葉の裏を読んで機嫌を取ろうともしない。正しいと思ったら叱り付けたりもした。そんな人間初めてで、きっと最後だろう」

上位者の孤独だ。

社長は部下とは友達になれない。そこに権威や利害が絡むから。ただの社長なら、他の場所に友人を求めることはできるだろうが、王や王族は、国民全てが部下なのだからどこにも逃げ場などない。

「……ほだしてます？」

「ほだす？　真実を知ってもらいたいだけだ。君が私にとってどれだけ大切な人間か。君に代わる者はいない。だから……、リオンが立ち去ってもそれを許すけれど、もう一度普通に会えるようになるまで時間をもらうことになるかもしれない。だがそれは決して君を嫌いになったわけではないと伝えたいだけだ」

「泣くほど、俺が好きですか？」

少ない光源でもわかるほど、オリハルトの顔がパッと赤く染まる。

「……忘れなさい」

恥ずかしげに視線も逸らせた。

何だろう。この人、あちこちにギャップあり過ぎ。

ナンパで、自信満々で、臆病者で、才能があって、真面目で、威厳があって、もしかしたら純粋で、しかも可愛いところもある。

この人こそ、唯一無二の存在なんじゃないだろうか。

オリハルトはコホンと一つ咳払いをして、表情を戻した。

「ここからは嘘や気遣いはナシと言ったのは私だから白状するが、さっきは、高慢だが少し自信があったんだ。リオンは私を好きだろうと。なのに見当違いだったからたった一人の大切な人が手に入らないと思ったら悲しくなったんだよ」

「俺にはそんな価値はないですよ？」

「君がどう思おうと、私には価値がある。薄暗い部屋のベッドの上でこれだけ密着していても手を出すことを我慢するくらいに。お試しの続きをしても？」

「……いいですよ」

答えると、肩にあった手が更に俺を引き寄せ、胸の中に収める。

また遠回しのキスが与えられ、頬や耳に唇が触れる。

さっきと違うのは、彼が言ったようにここが明かりの乏しい寝室のベッドの上ということだ。

つまり、ちょっと押し倒されればそのままベッドインのできる状態だということ。

だから、俺の心臓もうるさかった。

「どう？」

「……ドキドキはしてます」

「どれ？」

心音を確かめるように、彼がシャツの上から俺の胸に触れる。

「本当だ」

確かめ終わっても、手はその場所から動かず、薄い布の上から俺の乳首に触れた。

「ひゃっ」

ほんの少し指先で擦られただけなのに、声が上がる。色気も何もない声だけど。

「いや？」

訊いてくれるのはありがたいが、答えるのが恥ずかしい。

「びっくりして……」

「触るよ、って言えばよかったかな」

いや、言われたら言われたで恥ずかしさ倍増なのでは。

「一々言わなくても、嫌なら突き飛ばして逃げます」

右手で、硬く膨らんだ胸の先を彼が弄《いじ》る。

「う……」

嫌……、ではないんだよな。困ったことに。

期待……、では絶対ないが、触れられることで自分がどう反応するのか気に掛かる。身体の変化も心の変化も。だって、俺はこの行為が性行為に続くことを知っている。

わかっていて、どう反応してしまうかを知りたい。

お試ししようと提案したのは彼を引き留めるためではなく、本当にわからない自分の気持ちをはっきりさせるためなのだ。

青臭いことだと思うが、好きと愛してるの違いがわからない。好意と愛情の境目もわからない。

オリハルトと離れたくないし彼に他人行儀になられたくないという自覚はあるけれど、そんなのは友人や家族になって思うものだ。

彼の望む愛情と友人や家族へのそれと違う点は、セックスを介在できるかという一点に外《ほか》ならない。

だからこの方法を選んだのだが……。

胸に手を置く体を取っていながら親指だけで胸の先を弄りながら、彼がキスを求めてくる。

今迄の唇を押し当てるだけのものとは違い、先日のような深いキスだ。

押し当ててくる唇を開き、舌を出して俺の唇をこじ開ける。

逡巡《しゅんじゅん》する間もなく舌は俺の口の中に滑り込み、ゆっくりと動く。

嫌じゃない。

前の時には驚くだけだったが、今回はされることがわかっているから驚きはなくこの行為にどう対処するべきかと考えてしまう。

自分の舌も動かすべきか？　それだと求めてるように思われないか？　考え過ぎて何もできない俺の舌に彼のが絡んでくる。

唾液の立てる卑猥な水音が小さく耳に届き、下半身を刺激した。

「う……」

反射的に彼の身体を押し戻すと、意外にも簡単に離れてくれた。

「いや？」

「……そうじゃなくて」

反応したから、とは言えず俺は半分だけ嘘をついた。

「恥ずかしいから」

いや、嘘ではない。恥ずかしいのも本当だ。事実を口にしなかったことは嘘にはならない。

「まだ逃げない？」

気のせいか、オリハルトの声に余裕を感じる。

「じゃ、次に進むよ」

今度はシャツのボタンが外され、彼の手がするりと中に滑り込む。

さっきまで布ごしに弄っていた場所に、今度は指が直接触れた。

「ン……ッ」

触られてるのは胸なのに、腕に鳥肌が立つ。

「ち……、ちょっと待って」

「何故？」

「ちょっとマズくて……」

「感じちゃった？」

「……クッ」

ご名答とは言えない。

「何するんですっ！」

彼はズボンの上から俺の股間に触れた。

「答えてくれないから、確認してるだけ。答えは出たみたいだな」

俺はこの方法を選んだことを後悔した。

俺みたいな初心者が手練手管《てれんてくだ》に長けたオリハルト相手にするものじゃなかった。彼ならその気のない相手だってその気にさせられるだろう。

「これは……、あなたが変な触り方をするから、男として反応するわけで……」

「違うよ。反応しても逃げないということさ」

「う……」

その通りだ。

ここまでされていながら、嫌か嫌でないかは考えても、逃げようとはしなかった。

「あ」

彼が俺を押し倒す。

上から覗き込んで来る顔に笑みが浮かぶ。

「私にもリオンのことがよくわかってきた」

「は？」

「君は自分の知識と経験で物事を判断する。だから知識も経験もないことに対しては判断がつけられない」

「想像力がないって言うんですか？」

「その想像すら、過去の知識と経験からしか立てることができない。だから私がそこに紐付けてあげよう」

彼は俺のシャツのボタンを全て外した。

「男同士、流した汗を拭ったりするのに上半身の裸は見慣れている。だから上半身の裸を見られるのは平気」

確かに。

「こんなふうに触れられても、女性ではないのだから意識するのはおかしい」

言いながら胸を直に撫でられる。

「けれど触れられて感じるのは、男性でも女性でもその気があるからだ」

指の動きがちょっと嫌らしく胸の先を引っ掻《か》く。

「……っ」

「これが性的なことだと理解しても嫌悪感がないなら、相手を受け入れている証拠だ」

そして今度は自分がシャツを脱いだ。見かけよりも逞しい身体が露《あらわ》になる。

思わず目を逸らすと、彼の言葉が続く。

「同性の裸体を意識するのは、相手が私だから？」

「……自分より逞しい身体が眩しいだけです」

「いいだろう。そういうことにしよう。だがこの状況になっても逃げないのは、相手が私だからだね？」

それはその通りだ。もしも相手がアレンやトーマだったら、『何やってんだよ』と押し返して逃げただろう。

「返事がないのは肯定としよう。この先に私が何をするか理解しているのに私だから逃げないと言うなら、私は我慢しなくてもいいということだ」

ちょっと待て、それは何か理論が飛躍し過ぎてるぞ。オリハルトが我慢しなくなったら、一足飛びにとんでもないところへ連れて行かれるじゃないか。

「オリハ……」

覗き込んでいた彼の頭が下りてきて、俺の胸にキスをする。

「……ルト！」

チクンとした痛みが走って、キスマークが付けられたことがわかる。知ってるぞ、キスマークっていうのは口紅の痕じゃない、吸い上げられた内出血だって。

「まだ結論は早いっ！」

「これでも？」

彼の手が、またズボンの上から俺の股間に触れる。

反応し始めて硬くなってきた場所に。

「だからそれは男としての当然の反応で……」

「男として愛撫に反応する、当然の結果だね」

指が、その膨らみを軽く引っ掻く。弱い力なのに硬い爪の先が強い刺激となる。

「リオンは性欲に流されるタイプじゃない。むしろ、性欲を感じても抑えてしまうタイプだろう。なのにこの状況で逃げないのは、私がすることを許容しているからだ」

掴まれ、ズボンの上から揉まれる。

自慰はしたことがあっても、他人から触れられたことのない場所に一気に熱が集まる。

「あ……」

思わず俺は彼の腕にしがみついた。

強引ではなく、やわやわとした動きが気持ちいい。反応が大きくなってしまうほどに。

彼の言っているのが真実なのかもしれない。

オリハルトは好きだ。きっと今迄知り合った人間の中で一番。リオンとなってから俺の頭の中を一番占めているのは彼だ。いい時も悪い時も全部思い出せるほど。

けれど『それが恋だとは言えない』と思っていた。姉貴達の蔵書や本人達の言から、恋というのは、もっと強く意識するものだと考えていたから。

でも初めてキスされた時に『気持ち悪い』とは思わず、感触を思い出してジタバタしていた時から、本当は好きの向こう側に行っていたのかも。

前世でも同僚達とはとても仲がよかったし好きだったけど、酔ってキスなど仕掛けてこようものなら殴って、気持ち悪いことすんなと断罪したはずだ。

「う……」

今の状態にしても、俺は彼の好きにさせている。

まだ嫌じゃないから、試してみてるだけだと言いながら、どこまでも嫌じゃない。

口の上手いオリハルトに丸め込まれているのかもしれないけれど、嫌じゃないのは真実だ。

「ま……、待って……」

色々考えている間にも、彼の手は動き続け、かなりやばい状態になってきていた。

「嫌じゃないだろう？」

もう確定のように訊かれる。

「もう……、まずくて……」

「ああ。そうだね、ズボンを汚してしまっては大変だものね」

手を止めてくれたのでほっとしたが、それは愛撫を止めたのではなく、ズボンのボタンを外すためだった。

「ちょ……っ！　何を……」

この世界にはファスナーがないので、ズボンはボタン式なのだ。ただでさえ嵌《は》めるのに苦労するが、中身がパンパンになっていればなおさらだ。

それを、彼はあっと言う間に全て外してしまった。

「手際の良さに腹が立つ……」

意識せずポツリと言った言葉に、オリハルトが笑った。

「何と嬉しい言葉か」

「はぁ？」

「リオンが私の過去に妬いてくれるとは」

慣れるほど他人の服を脱がせてきたことに腹が立つ、自分はそう訴えたのだと気づいた時には彼に身体を抱えられ、ベッドの上に引き上げられていた。

座ったままで倒されたから、膝から下はベッドの外に出ていたのだが、これで全身がベッドの上に載ってしまう。

「これから先は自分とリオン以外の服は脱がさないと誓おう」

ボタンが外れて解放された場所には触れず、彼が開いたシャツの中に手を入れる。

覆いかぶさってキスをしてきながらまた胸を弄る。

さっきのようにささやかな動きではなく幾分乱暴に、というか強い刺激で引っ掻いたり摘んだりしてくる。

「ン……」

絶妙な力加減で、それは痛みではなく快感を与えた。

さっき椅子に座っている時には意図せず彼の膝が俺の股間に当たっていたが、今度は意図してぐりぐりと当ててくる。

半勃《だ》ちした場所には直接当たらなかったが、その下の部分でも押し当てられると感じてしまった。

止めてと言いたくても口が塞がれて言葉が出ない。

けれど、口を塞いでいた唇が移動しても、言葉は紡げなかった。

「あ……」

声は出る。

でも出るのは喘《あえ》ぎ声だ。

「や……」

舌が、喉を濡らし胸に滑る。

指で弄っていない方の胸の先を舌がぺろりと舐める。

「う……」

そして吸われる。

愛撫と呼ぶべき行動は当然俺を翻弄したが、それよりも心を動かしたのは彼の手だった。

右手は俺の左胸を弄り、右胸は舌で濡らされ、股間には膝。

残った彼の左手が、俺の心を揺るがせたのだ。

キスした唇が移動を始めてから、その左手は俺の右腕を押さえた。押さえながら、手のひらの方へ移動した。

そして俺の手を握ったのだ、恋人繋ぎでしっかりと。

離さないというような強い力が、俺に覆いかぶさってるのは性欲だけが理由じゃないと感じさせた。

それが嬉しくて、余計に彼を拒めなくさせたのだ。

身体に与えられる快感に呑まれていても、この手の方がもっと心を揺さぶる。

「リオン……」

オリハルトが俺の名を呼ぶ。

「リオン」

俺はもう海老沢大志じゃない。リオン・クレアージュだ。ここが俺の生きている世界で、この世界で俺を必要とする人がいる。

「愛してる」

それが嬉しい。

そうか、俺は彼に求められて嬉しいんだ。

セックスは怖いけど、求められることは純粋に嬉しいんだ。

「……ト」

「うん？」

「オリハルト……」

「何だい？」

聞き返すくせに愛撫は止めないので、言葉が上手く口にできない。

「……止めて」

ピクッとした後に、全てが止まる。あ、これは嫌がってると思ったな。

「……喋れない」

顔が胸にあるからその表情は見えないけれど、安堵したように長く吐く息が聞こえる。

「このままだと流されてるみたいだから……、答えを言う。あなたが正しい。俺はこうなることが嫌じゃない。他の人なら嫌だけど、オリハルトならいいみたいだ。……だからきっと、あなたと同じ好きだと思う」

勇気を出さなくても、言葉は出た。

本当の気持ちだったから。

「リオン……」

彼が身体を起こして俺を見る。

「許可が出たから遠慮はしないよ」

遠慮しないと言ったのに、何故か彼はベッドを下りた。

お試しの答えが出たから今夜はこれで終わりということなのだろうか？　だとしたら辛過ぎる。まさかこの中途半端な状態で戻っていいとか言わないよな？

彼は近くの部屋の奥の暗がりに消え、すぐに戻ってきた。

よかった。続きをしてくれるつもりはあるんだ。

いや、よかったはないだろう。先を望んでるみたいじゃないか。俺としてはただこの中途半端な状態を処理してくれればいいわけで……。

「あ」

彼はベッドに座ると、脱げかけていたズボンを引っ張って脱がした。続いて下着もだ。

お陰で俺の下半身はむき出しになってしまった。

いくら男同士でも、そういうことをしてもいいかなと思った相手でも流石に恥ずかしくて膝を抱えるようにして丸くなる。

「脱がすなら一言くらい」

「脱がす」

「遅い！」

怒ってるのに、オリハルトはふふっと笑った。俺が何をしても可愛い、みたいな顔で。

「丁度いい、そのままの格好でいなさい」

そのままの格好って、膝を抱えて丸くなった、このダンゴムシみたいな格好？

「や……っ！」

膝を抱えていたから無防備になった尻に、何か濡れたものが触れる。

「何？」

「髪に塗る香油だ。植物から抽出した精油だから身体に悪いものではない」

確かに、部屋に強い花の香りが漂う。

それを何に使うか、知識としてすぐにわかってしまった。

ダテにオタクの姉貴は持っていない。

「ちょっと待って！」

濡れた指が、香油を尻の穴の周囲に塗り付ける。そのまま指が中に入って来る。

「だめ、だめ、だ……っ」

思わず膝を抱えていた手を離し脚を伸ばすがもう遅かった。指の先が中に入り、脚を伸ばしたくらいでは抜けない状態になっていた。

「だ……め……っ」

痛みはないけれど、僅かに入り込んだ指に鳥肌が立つ。

「本来ならそれ用の軟膏を使うのだが、この部屋には用意がなくてね。私は寝室に他人を入れないから」

軟膏を使うんだとしれっと言うところが経験値を物語って悔しいけど、他人を入れない寝室に自分がいることは嬉しい。

「あ……」

閲覧室で書類を書いている時に見た、彼の白く長い指が自分の中に入って来るのがわかる。

香油のせいですするりと深くまで入る。

「へん……っ」

すぐに快感に結び付くわけではないけれど、異物感にそこがヒクつく。

「あ……」

しかも慣れてる彼は中で指を動かして何かを探っていた。

これ……、知ってる。姉貴のＢＬ本に書いてあったぞ。前立腺を探してるんだ。

人体の組成に現代ほど詳しくなさそうなこの時代でそれを探すというのは、やっぱり彼がこっちの人だったってことか。

「あ……っ！」

だから簡単にソコを探り当てられる。

「やだ……っ」

指先がそこを押す。

「我慢して」

ぶわっ、と快感が溢れる。

「オリハ……ル……ッ」

ゾクゾクする。

全身に鳥肌が立つ。

身体中がむずむずして、ビクビクと震える。

「我慢して」

指が一旦引き抜かれて、また香油を纏って中に入れられる。

「あ、あ……」

強い花の香りに目眩がしそうだ。

耐えるために息が上手くできなくて、酸欠なのかも。

「初めて……、手加減……っ。う……っ」

ソコを使うのは止めて欲しいという嘆願だったのだが、伝わっていながら彼はそれを無下にした。

「リオンは初めてだろうが、私はその先を知ってるから、最後まで手に入れないと我慢ができないんだ」

「やぁ……」

下からいやらしい音がする。

零れ落ちる香油がもったりと内股を伝わって落ちてゆくのが粗相をしたように感じさせる。

再び指がアブナイ場所に当たり、俺はビクンと身体を跳ねさせた。

「イク……ッ」

「だめだ。まだ我慢しなさい」

「無理……」

我慢しろって言うならその動きを止めて欲しい。

諦めたように、彼は再び指を抜いて俺を完全に仰向けにした。

裸を見られるのは恥ずかしいけれど、はっきりと彼の顔が見える。

ザ・王子様みたいだった顔が、野性味のある男の顔に見えた。

それがまた俺の胸を騒がせる。この顔はとても好き、と自然に思わせて。

「怖い？」

「少し……」

答えると、オリハルトは優しいキスをくれた。

だが優しいのはキスだけだ。

香油に濡れた指で、俺の身体を撫で回す。それも、普段は他人が触れないような柔らかい場所ばかりを選んで。

腕の内側とか、足の付け根とか、内股とか。

一度刺激されて快楽に落ちた身体は、それだけで陥落する。

キスは首筋を下りて胸に移る。

胸の先を舌で転がし、吸い上げる。

「そこだめ……」

「気持ちいい？」

答えないと甘噛みされ、反応で答えてしまった。

撫でられたり、触られたりするのは気持ちいい。前に触れられるのも、自慰行為ですること
だから気持ちいいと思う。

濡れた指が俺のモノを握り、少し動くだけでイキそうだ。

でもその指はすぐにまた後ろへ向かった。

「あ」

濡れた場所に、また指が入る。

浅いところを責め、ゆっくりと奥へ。

剥き出しになった自分のモノは重なっている彼の身体と擦れあい、それ自体が愛撫のよう。

中の指はさらに動きを増し、さっきと同じ場所を見つけて撫でるように刺激した。

「だ……め……っ」

そこを弄られると限界が近くて、それを知らせるために彼の腕を掴む。指が動く度に掴んだ
手を強く握ってしまう。

視界に入る彼の形のいい眉がきゅっと顰められる。

綺麗な顔が、困ってるように見えて、心臓が締め付けられた。なんで彼の方が困った顔をし
ているのだろう。辛いことがあるのだろうか？　そう思うと切なくなった。

頭が熱に浮かされてぼうっとする。

「頭……出して……」

彼から聞いた色んな話が頭の中を巡る。寂しいことや困ったことがあっても誰にも言えなかったんだっけ。それを思った時、つい突き出された金髪の頭を撫でてやった。

柔らかな手触り。

こんなふうに彼の髪に触れるのは初めてだな。

「……君は」

そう思った時、少し乱暴に指が引き抜かれた。

「ひぁ」

排泄感に声が上がる。

「私のなけなしの忍耐を軽く吹き飛ばしてくれる」

さっきまでのソフトだった愛撫が消える。

俺を気持ちよくするために、ではなく。彼が欲しいものを手に入れるために動いているみたいに感じた。

オリハルトが俺の脚を取って開かせる。

指を咥《くわ》えていた場所にもっと大きなモノが当たる。

上手く入らなくて、指が周囲の肉を引っ張って広げる。

香油のぬめりでずるりと侵入してきたそれを、俺は強く締め付けた。

「あぁ……っ！」

抉《えぐ》られるような感覚。

頭を痺《しび》れさせる花の匂い。

「は……ッ！」

腹から空気が押し出され口から喘ぎとなって零れてゆく。

「あ、あぁ……、は……ッ。あ……っ」

放置されていた前を握られ、再びそこが刺激を受ける。直接的な場所への愛撫にまたぶわっと快感が全身に広がる。

さっきよりも濃厚に。

「やぁ……。オリ……」

もう、意味を成す言葉など出てこなかった。出そうとしても途切れてしまう。

肉の中を彼が進む。

熱の中を割って入ってくる。

全身が揺れて、小舟に乗ってるようだ。

波が何度も俺を呑み込もうとしていた。

突き上げられ、奥に当たられ、身体を撫で回される。優しくもいやらしい指が胸に触れる。

俺の声だけが部屋に響き、声が他の音を消す。それでもぐちゃぐちゃとした水の音が微かに

聞こえる。
彼が奥に当たると、別の快感が身体に広がる。
塗り替えられるように、知らなかった感覚に落ちてゆく。
気持ちいい、がどんどん上書きされて、自分からも求めてしまいそうだ。
性器と、身体の奥から溢れてくる快感が怖かった。
今迄感じたこともない強い快感が怖かった。
呑み込まれたらもう後戻りはできないことがわかっているから。
それでも……。
俺は最後まで『嫌だ』とは言わなかった。
言えなかったのではなく、言わなかった。
オリハルトが好きなんだなぁ、と思って。
『嫌だ』なんて言ったら、また彼が泣いてしまうのではないかと思って。
「あぁ……ッ！」
彼を泣かせたくなくて……。

アーディオン陛下は、正式に新規事業省というものを立ち上げた。

国の内外に新しい事業を興すための役職だ。

橋や道路を作ったり、新しい商品を開発したり、税収の方法や農地の開拓等々、とにかく今迄なかった何かを提案するものだ。

オリハルトは、その責任者となりアレンもそこに配属された。

彼はオリハルトの腹心の部下のようなので、当然だろう。

「新規事業というものは機密性が高い。なので『以前から計画されていた』この役職に拘わる者は秘匿されていた。だが打ち合わせはしなくてはならないので、私の愛人という芝居をしてもらった」

オリハルトはにこにこと笑いながら説明してくれた。

一番の愛人と目されていたアレンがお役御免でやっと結婚できることになったので、その話は信憑性を持っただろう。

何せ、婚約者と夜会に出席したアレンは思う存分婚約者とイチャついていたらしいから。

「未来の義姉君は兄上からその説明を聞いて私に心からの謝罪をくださったよ。誤解して申し訳なかった、と」

アリシアも可哀想に。

にしても、やはりアーディオン陛下は策士だ。

「リオンは政務官の資格を得て経理から私の補佐官に異動だ。経理でも功績があるから反対も少なかった。何より未来の王妃様の実弟だからね、文句など言えようはずもない。これで全て丸く収まった、というわけだ」

俺はそれを聞いてため息をついた。

「二つ、質問があります」

「どうぞ」

「補佐官になるのは理由も説明してもらったので納得しますが、どうして俺が王城に住むことになったんですか？」

俺とオリハルトが今話をしているのは、新しく王城内に賜った俺の部屋だった。

侯爵家次男坊の部屋としては豪華過ぎるし、オリハルトの部屋と近い。

「言っただろう？　新規事業省は機密性が高いと、殆どの案件に拘わり立案者でもあるリオンの安全のためだ。それが知れたら他国が君を奪いに来るかもしれないからね」

あり得ることか。

「……わかりました。それは納得しましょう。でもどうして、今俺はこんなところに座らされてるんでしょうか」

そう。何故か今俺はオリハルトの膝の上に座らされていた。

書類を見るために隣に来いと長椅子の隣に座りかけたところを無理やり膝の上に座らされた

のだ。

お陰で恥ずかしくてさっきから耳が熱い。

表情には出さないけど。

「それはもちろん、恋人なのだから当然だろう？」

「言っておきますが、ちょっとでも俺のことを恋人だの愛人だのと他言したら、俺は職を辞して実家に帰りますからね」

「そんなに恥ずかしがらなくても……」

「そういう関係だと思われたら、仕事ぶりを認めてもらえなくなるでしょう。……それに、またあなたに悪評がつくのは嫌なんです」

ふいっと横を向くと、彼は俺をぎゅうっと抱き締めた。

「リオンは本当に殺し文句が上手い。約束しよう。今気づいている者は仕方がないが、他言はしないと」

まあ、アレンは仕方がないな……。

あの夜のことを考えても、絶対気づいてるだろうから。

「だが」

「だが？」

何を追加するのかと振り向いてしまったら、彼の顔が間近にあった。

「二人きりの時にはその限りではない」

俺を魅了する紫の瞳が、ちょっと悪く輝いて微笑みを作る。

「お前が私のただ一人の愛しい人だ、リオン」

耳元で囁かれる、顔が火照ってしまうような甘いセリフ。

以前なら、『もういいです』と逃げるところだが、俺もやっと好意と恋の違いがわかったので、怒ることなくこう言った。

「……まあ二人きりの時ならいいでしょう」

自分から彼の鼻先にキスして。

これからは、彼も真面目に働くのだから、それくらいは許してもいいさ。

「さ、仕事の話をしましょうか」

けれど……。

俺は彼を見誤っていた。

ちょっとの甘やかしなんかで許してくれる人ではなかったのだ。

「では遠慮なく」

近づく唇が俺の言葉を奪う。

頭に回された手が、俺を拘束する。

「ン……」

何度も何度もされるキスは、繰り返すごとに激しくなり俺の力を奪った。

十倍返しとなったキスのせいで、仕事の話に入ったのはそれから十分も経ってからだった。

「今度から……、仕事の時はテーブルを挟んで座ることにします」

そして俺からキスするのは止めておこうと心に誓った。

……無駄な抵抗だろうけれど。

あとがき

皆様初めまして、もしくはお久し振りです。火崎勇《ひざきゆう》です。

この度は『王弟殿下は転生者を溺愛する』をお手にとっていただき、ありがとうございます。

イラストのすがはら竜《りゅう》様、素敵なイラストありがとうございます。担当のM様、色々お世話になりました、ありがとうございます。

さて、このお話、いかがでしたでしょうか？（ここからネタバレアリです）

リオンの元の姿は描かれていないのですが、実は見かけは冷徹系イケメンでした。身長も結構ある方です。

でも可愛い系に転生してしまったので、態度が不遜な爪出しっぱなし系猫になったのです。

オリハルトも、騎士団にいる頃は髪も短くて凛々しい系だったんじゃないかな。

でもすがはら様の美麗なキャララフを見た時に、髪短くてもよかったかも、と思ってしまいました。というか、そっちも見たかった。

でも、あの見かけだからこそ、ラストの涙が許せるのかも。

あれはヘタレなんかじゃなくて、絶望だったんですね。多分初恋だった真剣に愛した相手、しかもイケると踏んでた相手にオトモダチ認定されて、彼は相当ショックだったと思います。

でももう今は大丈夫……、と言いたいのですが、リオン（大志）は基本甘々が苦手。

照れてるだけなんですが、オリハルトがあまり甘いと猫ツッパリで逃げる、みたいな。

これから二人はどうなるでしょうか？

リオンは前世の記憶を基に斬新なアイデアを出して、それを実行するオリハルトと二人、有能コンビとして一目置かれるようになるでしょう。

そうすると、リオンに縁談も来るかも。オリハルトは元々男性好きだったわけではないリオンが女性に向くかと心配でしょうが、彼は女性に対して甘いところを見せるとどうなるかを姉達で熟知しているので、きっと一刀両断でお断りでしょう。

となると、彼の優秀さに気づいた隣国の王子様とかが、彼を引き抜きにきたりして。相手をしているうちにオリハルトと同じように懟い彼に惹かれて、マジ口説き？

王弟とデキてるって知られていいの？　などと脅しをかけてきたりして。

でもキッパリが身上のリオンですから、平気な顔で「どうぞ」と言う。あなたが俺を手に入れられなくて悪い噂を流してるって言えばいいだけですから、と。それに、事実デキてますから困りません、とも。何せ他国が欲しがるほどの人間になってるので、問題ナシです。

オリハルトはもうふらふらしません。そうすると生来の王族らしさが表に出て、凛々しい殿方になるでしょう。でもリオンの前では激甘の彼氏。溺愛です。

下僕と化した飼い主とツンデレな猫、みたいな関係になるのかな？　幸せです。（笑）

それではそろそろ時間となりました。またの会う日を楽しみに。皆様御機嫌好う。

Cocktail Kiss Label

カクテルキス文庫をお買い上げいただきありがとうございます。
先生方へのファンレター、ご感想は
カクテルキス文庫編集部へお送りください。

〒102-0073　東京都千代田区九段北3-2-5 5F
株式会社Jパブリッシング　カクテルキス文庫編集部
「火崎　勇先生」係 ／「すがはら竜先生」係

◆カクテルキス文庫HP◆ https://www.j-publishing.co.jp/cocktailkiss/

王弟殿下は転生者を溺愛する

2022年12月30日　初版発行

著　者　火崎 勇
©Yuu Hizaki

発行人　藤居幸嗣

発行所　株式会社Jパブリッシング
〒102-0073　東京都千代田区九段北3-2-5 5F
TEL　03-3288-7907
FAX　03-3288-7880

印刷所　中央精版印刷株式会社

ISBN978-4-86669-541-9　Printed in JAPAN